ishikawa keirō

石川桂郎

妻の温泉

Kodansha Bungei bunko

序

〝桂郎さん〟、あるいは、〝桂郎君〟と、ぼくは、太《はなは》だ心やすだてに、かれを呼ぶ。それに対して、かれは、ちッとも不思議な顔をしない。むしろ微笑をもってむくいる。……そうした間柄《あいだがら》である……

といっても、ぼくは、それほどしばしばかれと逢っていない。……ばかりでなく、逢っても、いまだ嘗て、一時間とおちついて話をしたことがない。用がすめば、すなわち、〝では、また……〟というときもあり、あるいはいわないこともあり、あッさりさ、この上ない。……しかも、ぼくは、かれに対して、始終逢うだれかれに対すると同じような好意をもちつづけている……

とは、なぜか？

かれが、ぼくの子供の古くからの友だちだからである。と及び、かれが、河上徹太郎、永井竜男のよき後輩を以て自ら許しているからである。……ということは、ぼくは、かれの顔さえまだ知らなかった時分から、ぼくの子供によって、また、ぼくの信頼する友人たちによって、かれに関するもろもろの知識を、ひそかに、人知れず、つぎこまれていたのである。だから、ぼくは、はじめてかれに逢ったとき……それが、いつ、どこで、どうした機会からであったか、おぼえていないのは残念だが……はじめて逢ったという気がさらにしなかったのである。

そうした間柄である、かれとぼくとは……

遮莫《さもあらばあれ》

かれは、ぼくに、この本の序文を書けといった。

ぼくは、すぐに承知して、これを書いた。

これでいいのである、われわれは。……われわれ東京もの同士のつきあいは……

新緑やひそめる雨気のおのづから

それにしても、桂郎君よ、君のこの本の、いまのこの季節にでることになったのを、とくにぼくはよろこぶ……という所以のものの、君は、ぼくにとって、自由に、さわやかに、くッたくなくひらめく夏ツバメのような存在だから……といったって、何も、ぼくは、君に世辞をいってるんじゃアない。……ということを一番知ってるのは、桂郎さんよ、君だから大丈夫だ……

昭和二十九年六月

久保田万太郎

目次

妻の温泉

妻の温泉

雪の夜

ひょっとした事から、私は最近現在住んでいるT村の家を買った。六畳に三畳、九尺と三尺の押入、台所に便所それに風呂桶を据えた一ト坪の土間付きで、一万三千円の家である。坪当りではない、丸々一軒の価だ。

この小田急沿線のT村というところが、どんなに風光明媚な土地であるか、水田あり丘陵あり、いわゆる多摩の横山と呼ばれるその丘陵を覆う櫟《くぬぎ》・松林。鬱蒼とした竹叢《たけむら》があるかと思えば、幅五尺に足りないきれいなせせらぎがある。ちょっと小高い処に登れば、眼近に箱根、丹沢の連山、富岳の眺望をほしいままにするといった工合である。この辺りは武蔵野と相模のちょうど境い目に当るが、武蔵野の風光のなごりをとどめている点では、中央線沿線の新興都市周辺の比ではない。およそ野鳥という野鳥、野草という野草、四季折々の耳目の慰みに事欠くことはなかった。しかも栗、殊に柿の名産地なのである。全村これ柿、といってもいい。それは、ゼンジマルと称する純粋種の柿、粋人《つう》な柿喰いが好む逸品だ。

「オゾンのにおいがプンプンするんだ、俺の色の黒いのは、紫外線のせいなんだよ。虹色の蝶、琅玕《ろうかん》色のトンボもいるぞ、そんなの、見たことないだろう」

酔ったいきおいのそんな出鱈目を真逆《まさか》信じてではあるまいが、この頃ぼつぼつと私の家を訪ねて呉《く》れる友人があって、なかには細君子供連れのお客さんさえ来るのだ。私は嬉しさのあまり却って寡黙になり、歓待のすべを忘れて拱手《きょうしゅ》するほどであった。そうして友達は、みんな私の家を褒めて呉れ、珍しがる。家中に四角な柱が一本もなく、壁土が一ヶ所も無いのを発見した友だちの一人は

「どこかで、これに似た国宝の茶室を見たような気がするネ」

と言って呉れたり

「なかなかお似合いだよ。どうだい、そのコールテンのズボン・徳利シャツをやめて、いっそ、茶羽織でも着てみたら……」

などとも言う。住んで五年目に、北側へ三寸ほど家の傾斜した愚痴をこぼすと、或る友

人は、それでは南側の窓寄りに書棚を作れ、持ち直すだろうと親切な忠告をして呉れるのであった。

私は、友だち夫婦やその子供達を案内顔に、丘陵から丘陵をつたい、櫟・松林の径《みち》を辿りして、それから到るところ噴井《ふんせい》のある水田の畦道《あぜみち》を逍遥する。水車がなぜ廻るかのカラクリについて解説し、芽立ち頃の大麦と小麦の鑑別法まで説明する。その真面目な私の顔を仰ぎ乍《なが》ら、そっと指を舐め眉をさすっている細君もいた。そして私はすっかり草臥《くたび》れてわが家に戻る。すると家では丁度ころあいに風呂が沸き、早目な夕飯の仕度が出来ている。それが四月半ばなら、差し当り野蒜《のびる》の味噌和え、芹の佃煮、あかざ・たんぽぽのおしたし、大根の木の芽田楽……今がわが家の食膳を飾るに、いちばん派手で賑やかな季節なのだ。

このT村という土地には魚屋がない、肉屋がたった一軒あるにはあるけれども、トンが専門で、都心から態々《わざわざ》豚肉喰いに来るような無粋者なんか、俺の仲間にはいまいとひときめて、私は湯上りの友だちに気負いこんで酒をすすめる。

「中身は、ちょっときょうは異《ちが》うがね……」

オールド・パアの古壜から注ぐウイスキーを、私は少々気にする。昨今幸いWILKINSONの炭酸水が市販されているので、中には「ちょっとイケるね」などとお世辞言う男もいる。

私はしかし、ほんとうは、風呂が自慢なのである。四五年前函館から新婚旅行に上京した俳句の友だちが、自分達の新婚記念に買い置いて行ってくれた小判型の風呂桶。裏の噴井から汲み込む水には、黄褐色の海苔状の物質がおびただしく浮游していて、それがどうも、鉄分とラジウム分の様に、相当な含有量を示すように思えてならない。とすると、痔や神経痛、疲労回復に利かぬ訳はない——私が鼻高く自慢するゆえんである。

「どうだい、温泉気分がするな、温泉そのものか？　いや、とにかく温《あ》ッたまるだろう、東京の、水道のお湯とは違うだろう」

T村温泉。……

けれども妻は、その「温泉」だけはやめてほしいと言う。

「せっかく遥々《はるばる》おいで下さったのに、お魚ひとつ差し上げられないだけでも、どんなに心苦しく恥ずかしいか知れないのに、あんな、なんでもないお風呂を温泉だなんて……」

と言う。妻は温泉というものを、まるっきり識《し》らないのだ。温泉地の在る駅を汽車や電車で、ただ通過した経験すらなかった。いや温泉だけではない、音楽会、歌舞伎、バレーなんにも知らない。それはもう広い世間のことだから、三十五歳の女が生れてこの方温泉もバレーも知らない話なんか、珍らしくも可笑しくもない、当り前な話かも知れぬ。声を窃《ひそ》めて語るほどの価値はないかも分らないが、私は一度でいい、そんな妻を温泉に誘ってやりたいと思う。いまの若さを失わぬうちに、そういう機運に恵まれたいと念《ねが》っている。

連れて行って、実際の温泉場を見て、果して妻が喜ぶか哀しむかは知らないが、話に聞き雑誌の写真などで見ての想像と、現実のそれとの異《ちが》いをどんな風に妻が驚くだろうか。三度のお膳を宿の女中さんが運んで来る、夜具ふとんも黙っていて敷いて呉れ、湯から上った私達が、海か山の見える手摺《てすり》に並んで腰掛ける。

「あら、なんの匂いかしら、とってもいいにおい」

「夏蜜柑《なつみかん》だよ、分んないかね。昼間見て通ったじゃないか」

——なんかもいい。

「冷たいわ、気持がいいわ」

「霧。横光先生の家族会議だったかな、軽井沢のホテルの窓から、こんな霧が吹きこむ描写があった。読んでいて寒かった」

こんな話の遣《や》り取りも悪くない。


きのう、これが今年最後になるだろうと思われる大雪が降った。あんまり寒いので、友達がやっている新宿の酒場で飲んでいると、つい終電車になってしまった。やっと小田急に間に合って軈《やが》てT駅に着く。そうして駅から五六丁の田んぼ道を、雪まみれになって家に辿り着いた。風呂がたっていて、妻がぽつんとつかっていた。熱いのをじっと痩せ我慢してる顔だった。

「あんまり遅いし、こんな雪だから、きょうはお帰りにならないのかと思って……子供達は早くに入れちゃって、縫いものをしてたんですけど、もう一度温まって寝ようと思って……」

すぐ私は裸になった。二人っきりで風呂に這入るなんか珍らしいことだった。聞こえないのに、雪は音がして降るもののようだった。風呂桶が小さいので、代り番こに肩を沈めた。

「静かだなア」

「静かねえ」

しっとりした雰囲気が、なんとなく予感された。

「温泉の感じだね、君も少しそんな気分がしない？　いや、温泉ってこんなものさ。これで戸に鍵が掛かると、さしずめ家族風呂といったところだ」

「まさか、こんなに暗い、狭い温泉なんて。それにどうして、なぜお風呂場に鍵なんか必要なの、ねえなぜ？　嘘ばっかり仰言《おっしゃ》って……」

妻は、あくまで真顔だった。

「バカだなア、山形や信州の奥には、いまでもこんな恰好《かっこう》の温泉が幾らでもあるし、もっと暗いランプの風呂だってある」

そして鍵は、と言いかけてさすがに私も躊躇した。余裕のない、三尺の簀《す》の子《こ》いっぱいに、ぺたんと妻が坐っていたからであった。

「何時ごろかしら、いま」

「新宿を十二時丁度だから、駅で一時、家へ着いて……そろそろ半かな。背中流してやろうか」

「いいえ、よろしいの、さっき洗いました」

庭続きの小川の流れが聞こえる。

「ちょっと静かにしてごらん。水の音がするだろう、温泉に渓流の音はつきものなんだ」

夫の方には、まだ未練があった。

「そういえば、きょう川へお大根洗いに行ったら、猫の仔が死んでるのよ、二つもよ」

全然調子が合わない、分って貰えそうもない。代って簀子に降りた。私は、温泉を諦めた。

「そろそろ蛙が鳴き初める頃だね、去年は二月末に鳴いた。雨まじり雪降る中の初蛙——だったかな、そんな句を作ってS先生の選に抜けた憶えがある」

「そうかしら、雪が降ってるのに蛙が鳴くかしら？　鷺《さぎ》か鼬《いたち》と、あなた間違えてるんじゃない？」

眠そうに妻が欠伸《あくび》をした。雪に、降る音なんかするわけがない。……

夢

私の妻は今年数え年で三十七歳になるが、まだ生れてから一度も温泉地に遊んだ経験がない――と、先年私は或る雑誌に「妻の温泉」という題で短文を書いたが、それは嘘っぱちの多い私の文章の中で、唯一真実な話なのだ。けれども私はその文章を妻の哀れを強調した訳でも、私達の貧乏を吹聴した訳でもないのである。温泉場風景、温泉旅館、その浴場の形態といったものも、雑誌の口絵写真や温泉便りの絵ハガキでは見ているが、ほんとうのそれを識らない妻にとっては、彼女の口振りが明らかに示す如く、温泉とは「銭湯つきの旅館」くらいの程度のもので、妻の温泉観には、だからいっそ、貧乏ッたらしさも、みじめさも、物欲し気な気分も皆無なのである。

「S子さん、この間主人と二人でR温泉に行っちゃったのよ。子供達、姉のところに預けて、二人きりで、面白かったわ。貴女もKさん（つまり私）とお二人で行ってらっしゃいよ。R温泉なら、いい旅館何時《いつ》でもわたくし御紹介するし、ああやってKさん一人お酒びたしにして置く手はないわよ」

「そうねえ、でも、温泉ってそんなにいい所なら、あたし子供達も連れて行きたいわ、綺麗なお風呂の中で泳げるなんて……」

これは、私の友人の細君と愚妻の会話である。私は前の「妻の温泉」の中で、ある大雪

の深夜、久しぶりに妻と二人でわが家の据え風呂に這入る場面を描写し
「静かだねえ」

「静かねえ」

「まるで温泉にいるようだ。これで錠がかかれば、さしあたり、家族風呂といったところだ。背中、流してやろうか……」

「ええ錠？　まさかお風呂場に錠なんて」

と、こんな二人の会話を書いたが、錠のかかる風呂場すらも妻は知らないのである。なるほど私の貧乏は、私の友人間では定評である。つい昨日まで或る雑誌の編輯者だった（即ちその雑誌廃刊）私も、実は十数年前まで親父の代からの理髪師だったのだ。けれどもそれでいて、どういう星の廻り合わせか、たいていの道楽遊びはして来ている。スキーをやりスケートをやり、山登りもするといった具合で、温泉だけの話にしても北は北海道の登別、南は九州の別府温泉まで知っていた。

だからこそ私は一度でもいい、妻を温泉に連れて行ってやりたいと思うのだ。それも、妻の若いうちに連れて行き度《た》いと思っているのである。昨年の夏、私は俳句仲間の一人と北海道の某俳句大会に招かれて、帰途登別温泉に行き、あの東洋一と称される大浴場の隅で、一組の老夫婦の入浴図を見た。二人は浴槽に腰掛け、夫が手桶を持つと湯を汲んでは静かにその湯呆けして放心した様子の老妻の肩に浴びせているのであった。何ん杯も何ん

杯も、時を忘れてそれを繰り返している風景であった。私は「いいなア」と思った。それは錠をかけきった家族風呂の中にいる若い夫婦の情景を想像するより、私にはかえってエロチックな風景ですらあった。

だが、そうした老夫婦の入浴図に感がいを覚えた私も、私の妻の場合は、やはり若いうちに彼女を温泉に誘ってやりたいと思うのだ。妻のねがいを無視しても、子供達を連れずに二人きりで温泉にひたりたいと思う。私は正直に書く。実は、この原稿は売込み原稿なのだ。失職を前に、無理にお願いして書かせて貰った原稿なのである。だから本誌「温泉」へは、その号の季節感のあふれた現実の温泉場風景を書き、読者の興味を引く義務があるのだが、残念ながら私には早春から初夏にかけての温泉行の経験があまり無いのである。ザラメ雪のスキー行にともなう温泉の気分を全然知らぬ訳ではないが、いま面白い話が泛《うか》ばないのだ。あそこも八ケ嶽山麓というのか、新湯という温泉で戦争中ケトバシ（馬肉）のさし身をそれと知らずに喰わされた話、霧ケ峰の山小屋で偶然関西の素晴しい令嬢と同室し、コテイというかウビガンというか、あまりに女性的香気に悩まされて、深夜睡眠剤代りのウイスキー入りリュックを這い求め、そのリュックの前で、やはり同じ思いの同行の友達と、暗闇のだんまりよろしく鉢合せした事件など、話はあるにはあっても季節的に本号には不向きなのである。

そこで、読者諸兄姉ならびに本誌の編輯者には甚だ申訳けない次第だが、ここへは「妻の温泉」の《続》みたいな、私の夢物語を書かせて戴くことにする。

四月、東京は桜の満開どきであった。ふとしたことから何がしの金も這入り、私は妻を温泉に誘ったのである。（という夢物語）。吹雪に近い「妻の温泉」の夜、不意に脳裏に泛べたのも「法師温泉」だった。どうしたはずみで法師を頭に描いたのか、自分ながら訳が分らなかったが、タイル張りだ大理石だといった豪華で明るい浴場を思い合せるには、台所続きの、つまり台所口の通路に据わった我家の風呂桶は、あまりに貧しく薄暗かった――そのためだったかも知れない。が、今は異《ちが》う。戦前の可成《かな》り豪勢な構えをした東京の「銭湯」を識《し》っている彼女は、そして浴場に錠の何故必要かを識らぬ彼女は、おそらく熱海、湯河原の様な温泉浴室には驚かぬだろうと思うからである。長く温泉に洗われ、木目のきわ立った浴槽、ランプのほの暗い下で、こんこんと湧き出る自然湯の音を聴いてはじめて、驚異の瞳を輝かす妻だけが私には空想されるからである。私達夫婦は、二人きりの汽車の旅も初めてであったのだ。ひょっとすると妻は煙の籠るトンネルも識らなかったかも知れない。後閑《ごかん》で下車しバスに乗り、猿ケ京で降りる新婚らしい二人に頷きながら、間もなく法師に着く。旅装もへちまもない、大型の仕事鞄をひとつ抛り出しただけで、まず私達は浴室に降りて行くだろう。

「あらッ！」

妻の奇声に驚いたのは、先客の中年男である。いきなりの混浴事実に発した、けれども幾分甘えた妻の叫びに、私も心中窃《ひそ》かに満足したに違いない。

私は二三年前、一度この長壽館（此処は御承知の如く、この旅館一軒しかないから、特に匿名の必要もなかろう）に泊ったことがある。同行の一人に本誌で馴染みふかい宮尾しげを画伯もいた。旅館の御主人が俳句に興味をお持ちなのも知っている。

「このお湯の中の木の棒、何のためにあるか、君知ってる？　つまり枕だよ」

てなことを言って、あやしげな知識を妻にひけらかし私はいささか得意であった。やがて頬の赤い女中さんの手で、部屋のランプが灯る頃、二人の前にお膳が出、ビール壜がそえられ

「お酌しましょうか」

などと妻も浮きうきする。そして彼女もコップに半分ほど飲んで、なんだか軀が熱ぽったくて、と窓の手擦りに寄り、ふと暮れがての谷間の空を仰いで、こんなことを口走るかも知れない。

「あらッ、あなた、あそこに見えるの電線じゃない。あんな近くに電気が来ているのに、どうしてこの宿ランプなの？」

私は思わずグッとつまる、そうしてこんな出まかせを言う。

「冗談じゃない、あれは高圧線ですよ、この山の奥のずっと奥の方に発電所があって、あ

れには何万ボルトという電流が流れている。それをいきなり、こんな宿に引いたら火事ですよ、電球なんかみんな吹ッ飛んじゃうよ」

「そーお、高圧線なの」

夫婦の会話は、もうひどいものである。

食後、というよりそろそろ寝る時間になって、私はまた妻を浴槽に誘う。宮尾しげを画伯達と来た時には、これほどだったとは思えぬほど浴槽は暗かった。他にひと気がなく、妻と二人っきりという感覚的誤差のゆえかも知れない。樋《とい》をつたう湯の音だけの、二人の世界である。私はそっと妻の軀を抱き寄せる。

「さっき食べた山蕗《やまぶき》の匂い、とてもあの山蕗のにおいがしてよ、あなたの口……」

「………」

樋を伝う湯の音も、いまは聴えぬ。

私達は軀を拭って脱衣所に立った。すると突然のように妻が笑い出した。

「フフフ、あなたって嘘つきよ、ほんとに嘘つきだわ。何時か仰言ったでしょう、温泉にはお風呂場に錠がかかるって、どこに錠があるの、嘘ばっかし言って……」

花　冷　え

「君の《妻の温泉》でしたかな、あれ読んだよ。この間あの文章の載った古い雑誌を家内が見つけてね、それで奥さんが温泉を識らないって話、あれ本当なの？　どうも毛野君の話は迂闊《うつか》り聞けないからなあ……」

相場さんが盃を置いて、そう訊くから、私は「ええ、ほんとうです」と応えた。

するとと傍にワイシャツ一枚になった独身の坂井君が、

「あれはほんとうでしょう。いくら毛野さんの話でも分りますよ、嘘か、ほんとかくらい。でも僕はおかしいと思いますよ、あんな風に書くほど、奥さんを温泉に連れていきたいなら、連れてって上げたらいいでしょう。仮に熱海、湯河原として、電車賃が往復二人で千円足らず、宿屋だって贅沢言わなきゃあ、毛野さんのお酒と女中さんのお祝儀こみで、四千円あったら御の字でしょう。五千円くらいのお金ならなんとかなりますよ、その気になれば。あれを読んでいるとなんだか、毛野さんひとりが勝手に行けながって、リキんでいる感じがします。それこそ毛野さんがよく言う〝お涙頂戴〟的……」

とムキになって横槍を入れた。芸者が三人いて、その中の年増が
「そのお話なんなの？　こちらさんの奥さまのお話でしょう、ね、アーさん聞かせて」

と、相場さんの肩をゆすぶり、その癖本気な顔ではないのが、私には判った。坂井君の言葉はある意味で正しく、痛いが、電車賃だ旅館だまで、こんな処で出さなくても……つまらぬ話になったものだ、俺にだって多少の見栄はある、やめて貰いたいと思った。

「このひとは大変な愛妻家でね、奥さんを温泉に連れてゆく、要するに惚気話《のろけばなし》なのさ、

君達が聴いたらいろいろと困る話さ」

「アーラご馳走さま、すごいのねえおにいさん」

若い妓がそう言って、しかし私にではなく坂井君に流し眼を向けた。何んのことはない、ダシにされている、寄ってたかって酒の肴にしている感じだった。

「毛野君、なんなら僕の社の寮へ奥さん寄越しなさい。いま話の出た湯河原だが温泉もあるし、海も見えるし」

「そうだ、相場さんの寮がいい。僕も一度連れてって貰ったけど、いいところですよ、毛野さん、早速あの《愛妻物語》を実行するんですねえ、奥さん連れてってあげなさいよ」

「………」

私は、黙っていた。一生懸命に真実を書いたつもりだったが、やっぱり文章が稚拙なばっかりに冗談話にされてしまうのか、芸者のいるこんな席の、手頃な恰好な笑い話の力しかなかったのか。私が黙ってしまうのを見ると、敏感な坂井君はすぐに話題を変えて
「相場さんの串本節、そろそろ出ていい時分だなあ。それから、毛野さんの都々逸ね」私達を促した。

芸者達がわざとのようにシャンと坐り直し、相場さんは照れながらそれでも串本節を唄った。私も三味線に乗らない都々逸《どどいつ》をうたった。

やがてその粋な構えの家を出た私達は、相場さんの自動車で新宿まで送られると、私は

小田急でT村のわが家に帰った。

十日ほど経って、相場さんから手紙が来た。湯河原行きの、都合のいい日取りを至急報らせてほしい。こちらからは寮へ電話を入れて置くから万事心配はないが、なるべく日曜、祭日は避けた方が、会社の連中と一緒にならぬ方がのんびり出来るだろう——といったような文面だった。そして秘書にでも書かしたらしい、電車の時間表、駅からの道順の地図が同封してあった。私はその手紙を家内に示して相談した。

「相場さんというのは僕達の俳句仲間で、電力会社の社長さんなんだ。会社の寮が湯河原にあって、寮といったって戦争中に買った温泉旅館らしい。こんな機会でもなければ、却々《なかなか》行けないからねえ、君からおばあちゃんに話してごらん。宿費は一銭もいらないんだよ、汽車賃だけでいいんだよ」

「ええ、でも、泊るのでしょう?　子供達置いてって、おばあちゃん一人でだいじょぶか知ら。それにしても、チビちゃんだけは連れてかなけりゃ、大変よおばあちゃん」

「心配ならチビ公だけ連れてってもいいが、あいつ電車に酔うぞ、新宿までだってもたないんだからなあ、おばあちゃんよりその方が大変だぞ、ゲエゲエ始ったたって途中下車なんかしていたら、いつ向うへ着けるか分らないことになるよ」

「それもそうねえ、だけどもやっぱり置いていけないわ。いざ分らなくなっちゃったら、おばあちゃんの手に負える子じゃないんですから」

喜んで飛びついて来る、とばかり想像していた妻がこんな風で、最初の坐礁がきた。そして湯河原行きの話を聞いた母は、「なんとかなるだろうから、チビを置いて行ってきなさい」と言い、戦争前に団体旅行で熱海へ行った時の経験談を話したそうである。

「家中みんなで行けると、ほんとはいいんだけどなあ。おばあちゃんも一緒に」

「そうはいかないさ。そうなると、そもそもの話の筋が違って来るんだ。俺が嘘つきになっちゃう、相場さんはそりゃあ、二人が六人になったって驚くような人じゃないけども、俺が俺自身に嘘つくことになっちゃう。おばあちゃんは、日を改めて歌舞伎か名人会へ遣ればいい、子供達だって羊羹でも買ってくれれば、その方が喜ぶよ」

「……そうかしら」

私はやっとチビも連れていくことで妻を説得すると、お言葉に甘えたい旨相場さんへ手紙に書いて送った。着ていくものがない、帯も着物もまあいいとして羽織がひどすぎる、あんまりみっともない装《な》りをして行っては、だいいちその相場さんて方に失礼になりはしまいか、「それに、チビちゃんのアレがあるでしょう……」と、妻の心配はいざとなると際限がなかったのであるが、この際すべて眼をつぶること、贅沢を言わぬこと、とにかく一生の思い出の一つになるのだから、我慢我慢。……

けれども、チビのアレはなるほど拙いぞと、正直私も当惑した。六歳になる次男は、興奮すると寝小便をする癖があった。たとえば、約束のオモチャを買ってくる。次男は、その電気汽罐車なり自動車なりの大きさを、ひとり窃かに想像しているらしく、私の買って来たものがちょっとでも予想より大きかったり、ピストルが普通のピストルでなくて、ライター式に発火する仕掛けがあっただけで、忽ち興奮するのである。そしてその晩に、きまったようにやらかす。自家のフトンでない綺麗なフトンに地図を描いたりしては、それはもうウマクないに違いないが、それに就いてはビニールの大型テーブル掛けを持参し、充分に気をつければ、ということで済んだ。変った電車に乗り、海の見える知らない街を歩いたりすれば、ひょっとして、オモチャと同様の興奮状態に到らないとは云えなかった。

当日は、さすがに妻も早くから眼を覚まし、旅仕度くもいそいそとして見えた。長男と長女を学校に送り出した後、私達三人は曇ってすこし冷えびえとする駅に出た。駅の桜はまだ蕾も固い感じだったけれど、湯河原あたりは丁度満開かも知れない、枝に実った夏蜜柑を見ていない妻は、お花見よりその方を喜ぶだろう。途中で遅い昼代りの蕎麦を食べた。

電車に弱い子供も、さいわいたいしたこともなくすんで湯河原に着いた。私達は宿まで歩くことにした。私は事務鞄を提げ子供の手を引き、妻は風呂敷包みを抱いていた。帰りならばいいが、温泉行きのゆきの風呂敷包みは感心しないね――と思わず言いそうになって、私は周章《あわ》てて口を噤《つぐ》むと、その代りにこんなことを妻に告げた。

「宿に着いたら、俺が様子を見る。女中さんか番頭さんの一寸《ちょっと》した仕草で、純然たる寮か、それとも寮と称しながら温泉旅館風なサービスをするのか、もし後の方だったら、君はいっさい手出しをしてはいけないよ。お茶を貰って遠慮したり、食器を片付けたり蒲団敷くのを手伝ったり、しない方がいい。むこうにお任せして、なるべく知らん顔していなさい。いいかい、分ったね」

「はい……」

宿の玄関に着いた。女中さんとそれから割烹衣を着た男衆が、とび出て来た。

「相場さんの御紹介で……」

「お待ち申し上げておりました、さあどうぞ、どうぞ」

女中さんが、鞄と風呂敷包みを無理に取る、妻がちょっと赧《あか》い顔する。通されたのは離れの立派な部屋だった。

お茶が運ばれる、少しして丹前《たんぜん》が。浴衣もバリッとしている、やがて導かれてお風呂も貰った。タイル張りの綺麗な浴槽に三人して手足を伸した。

「どうやら、後の方らしい」

「え？　……」

そして、やっと判ったらしい妻が首をすくめて笑った。けれども直ぐに、使った風呂桶を片付けだしたのを、私は黙って見ていた。夕飯までに間があるのと、さて此処へ来てみても別段に変った話題のみつからぬ私達は、少し退屈して、そのへんを歩くつもりで外に出た。妻は丹前を恥ずかしがって、わざわざ着物に着替え、女中さんは怪訝な面持ちで妻を見送った様子だった。

万葉公園に這入り、満開の桜を見、丁度甘酒の無料接待の催しのある、ひんやりした花冷えの茶屋の床几に腰掛けたりして、手持ち無沙汰な時間をつぶして歩いたが、どうした訳か、いや既に手持ち無沙汰な時間を意識してしまったように、私も妻も一向に浮いた気分になれず、それからも、呆やりと独歩の碑の前に立ったり、万葉亭という茶室を覗いたりして、そのまま又宿に引き返した。そんな私達の気分が反映したとでもいうのか、子供まで妙に音無《おとな》しかった。

夕飯のお膳が出、ビールと酒が運ばれた。そうして妻は「美味しい美味しい」と、片っぱしから料理に箸をつけ、子供も大人並に喰うのを見て、私もやっと明るい気持になった。

「ひとりで食べてばかりいないで、お酌くらいしろよ」

「アラ、ごめんなさい」

そんな、冗談口も利きあった。次の間に女中さんの気配がして、どうやら寝仕度くも出

来たらしい。喰うだけ喰ってトロンとした子供を、先に寝かせた妻は

「敷かないで、ビニールで包んじゃった。四方を結んで、ちょっと見てご覧なさい。傑作よ」

と、声を忍ばせて笑い、私も、どれどれと覗いたりして、それから妻を促すともう一度風呂場へ起った。

「いいお湯ねえ」

「ウン……」

私は先刻この風呂場の扉にも、鍵の掛かる仕掛けがあるのを見ていたが、つい言いそびれてしまい、風呂をあがる時になって「どうだッ」といったように、それを妻に示した。部屋に這入ると妻が

「ほんとねえ、鍵。だけどもどうして鍵を掛けるの?」

「いい齢をして、なんてえ愚問だ。つまり新婚旅行の二人が這入ってる風呂場へ、お他人様が識らずに飛び込んだりしたら、花嫁さんが困るでしょう。恥ずかしがって、おちおち湯にも這入っていられないんじゃ、花婿さんは迷惑しますよ」

私は、言うべきことを言っていなかった。いっそ識らなければ、知らないだって構わぬ。それよりも咄嗟の思いつきなのに、花嫁花婿の話は自分ながら気に入った。こんなバカ気た末世的な世の中にも、そういう新婚の一組や二組はあるに違いない、あってほし

い。すると風呂場の鍵の説明もまんざらでない気がした。私は酒のはいった湯上りの軀を畳に投げ出し、妻は廊下の籐椅子に靠《もた》れて明るい温泉街の夜景を眺めていたが、溜息まじりに

「静かねえ……」

と、嘗ての大雪の夜とまったく同じ言葉を漏らした。私は「おいでなすったな」と思った。

「子供達、どうしているかしら。勉強して、それから鉛筆を削って、おばあちゃんともう寝たかしら。それともラジオ聞いてるかな。お夕飯のおかず、きっとコロッケよ、賭してもいいわ。東京に出たりして私が遅い時、きまってコロッケなんですもの、フフフフ。でも明日の朝、おばあちゃん早く起きなきゃなんないわね、お弁当作ったりカバンや手拭を揃えたり、だいじょぶかしら……」

指を折って数えるような、独り言のような妻の呟きを聞いて、私はやっぱり現実の温泉行が失敗だったのを識った。無駄なことをして了《しま》った。相場さんは私の《妻の温泉》をどんな気持で読んだか分らないが、私の妻の希望が叶えられた、喜ばして遣《や》れたと信じ、坂井君はトピック・ニュースとして、今頃仲間の誰彼に吹聴しているかも知れない。夫婦で温泉に遊ぶのを何も他人に内証にすることはないが、それは自力ですべきだったと、私は今頃になって自分の迂闊さに気付いた。坂井君が言った〝お涙頂戴〟も、あの時は腹が立

って、ああいう酒の席でなければ、女達がいなかったら……と思ったけれども、やはり図星だったのだろうか。自分では気付かない、しかし他人を不愉快にするようなものが、あの文章の中にあるのか。……

夜中に揺り起された。

「あなた、睡眠剤持ってたでしょう、ひとつ頂戴」

「眠れないのか、寝しょんべんが心配なのかい、だってちゃんと包んであるんだろう」

「ええ、でも寝相が悪くて蹴とばしちゃうし、それになんだか、いろんなこと考えちゃって……」

「大丈夫だよ、クヨクヨしなさんな。地図を描いたら描いたで、しちゃったものはしょうがない、俺が謝りにいってやるよ。……それに、二度と来る家じゃねえ。心配すんな」

そんな、肚にもない言葉のすぐ裏で、妻が眠ったあと、監視役を代ろうかなどと考えた。

年玉稼ぎ

父と子のはしり蠶豆《そらまめ》飛ばしたり

これは私の俳句である。拙い拙い句ではあるが、自分ではわりと好きな句の一つなので、まれにひとから短冊を乞われたりすると、この一句を、これまた字にもなんにもなってない稚拙な字で、短冊を汚すことがある。無地のままの短冊にしておけば誰にだって売れるのになあ、と思いながらの染筆《せんぴつ》である。

出はじめのそら豆の皮を、ちょいと歯で傷つけ指で圧すと、やわらかい中身が滑り出る、それを口に運びそこねて父と子が畳に飛ばす――といった意味の句であるが、そして我々庶民の生活の、一ッ時の「親子図」を描いたつもりだが、判らないかも知れない。判らなければ三文の価《ね》うちもない。

私には三人の子供がある。長男は徹郎《てつお》といい今年小学校五年生、長女は加世《かよ》といって同じく一年生、次男の啓介は数え年六歳である。

徹郎という名は、私が夢中で「剃刀日記」を書いていた頃、しょっちゅう徹夜ばかりしていた時分に出来た子供なので、そう名づけた。加世というのは、出産届を出す今日がぎりぎりの日まで名まえが決らないで、ままよと思いながら家を出て、都電に乗り区役所の前まで行ってみたが、さてどうしても上手い名が浮ばないといった訳で、区役所の石段に腰かけたまま暫く思案にくれていた時、丁度眼の前の電柱に貼ってあった、何んとかの「世界参加」といった様な講演会のビラから「世」と「加」の二字を拾って、あわてて区役所に駆け込んだ名まえだった。私はどういうものか子供の名と文章の表題をつけるのが苦手で、長女（加世のさきに生れた子）の場合は石田波郷氏に「路子」とつけて貰い、次男（啓介の上）は石塚友二氏に「藍二」と命名して貰ったが、二人とも消化不良で死んでしまい、自分の子供の名くらい親がつけるものだと、母にうるさく言われて以来の苦心惨憺だった。啓介のときはこれは戦後で、現在私達の住んでいる鶴川村村役場に届けたのだが、この時も自家から役場までの一里ほどの間を、考え考え歩いた。桂郎というのは私のペン・ネームだが、木へんを取り除いたら少しは親父よりましな人間になって呉れはしまいか、偉い人間になって呉れるかも知れないと思い、圭介の二字を考えついたのだった。

そうして気負いこんで役場に飛びこんでいったのだが、それがやはりいけなかった。丁度漢字制限のやかましい頃のことで、圭の字がその制限に引っかかる。私は出鼻を挫かれた恰好で大いに面白くなかったが、戸籍係のおやじも頑固だった。その時咄嗟に菊池寛の「啓吉物語」が思い泛《うか》んだので、その場で啓介と届け用紙に記入したのだけれども、なんだか幸先《さいさき》悪いような、子供の将来の運勢がそれですっかり逆転してしまったような、何んとも言えない厭な心持がした。

ところで長男のヤツだが、これが親の慾目で見ても、どうもあまり上等の出来ではないようである。目下の私達夫婦の心痛の種になっているのである。学校の勉強なんかいっせつしない。村の小学校なので、宿題などもあまり出ない様子だが、たまの宿題も鼻唄まじりで片づけてしまい、あとは終日外で遊び廻っている。読む本といえば、漫画少年、探偵Xといったような雑誌ばかりで、そして夜分はラジオに噛りつきっきり。それも落語、講談、浪花節いってんばりなのである。そのため仕事の間はラジオが邪魔で苦に病んでいる父親と年中論争の絶え間がなかった。そんな訳だから彼は、演芸放送の多い日曜日には、父親の外出あれかしと虎視眈々狙っている。そして句会などで外出がきまると、まるで面《つ》ラ当てのように欣喜雀躍《きんきじゃくやく》するのである。

落語、講談、浪曲に於てはアナウンスを聴かない最初の「えーお古いお話を」又は「寛永元年」それから「頃は六月」のたぐいの一ト声で、それが小さんであり、貞山であり、綾太郎であるのが、この三人に限らず彼には「誰れ」だと判るのである。私がものを書いている時、いや書き終ったのを見定めると、彼が横っ飛びにラジオのスイッチに飛びつく場合など、偶然に
「お粗末でした」

の最後の一ト声が漏れただけで、ラジオ版も見ずに、

「ああ、ああ、三門博《みかどひろし》だったんだ。うるさい男が一人いなければ名調子が聴けたのにねえ、面白くないねえ……」

と、うそぶく始末である。たいがいの場合は、父親の方で遠慮することになっているが、急ぎの仕事で止むを得ずラジオを点けさせない時は、彼は意地ずくでもラジオ版など見ないのである。

この間紛失物を捜して書棚や机を引ッ掻きまわしていたら「浪花節傑作集」というあやし気な本が出てきて、さすがに私も腹が立ち、怒気荒く息子を叱責したことがあった。

「バカ野郎、小学生のぶんざいで、こんな本を読むとは言語道断である。何時どこでこんなものを買ったかッ、ありていに言いなさい」

「買ったんじゃ、ないよ。借りたんだよ。ジロさんが貸して呉れたんだい、ボクの漫画の本を貸してやったら、かわりにこれ貸して呉れたんだよ」

次郎さんというのは、同村のお百姓家の御主人で、五十年配の仁である。この村では若い衆でも年寄でも、相手を名ざしで呼ぶ習慣があるのである。小学校の五年生と五十男が、漫画本と浪曲本の貸し借りをしている情景を頭に想い描いたら、私はなんだか胸がせつなく息苦しかった。

いっそ小学校だけにして、噺家の弟子入りをさせてしまおうか、とも思わないでもないが、例の痘痕の小さん、当時の円右その他名人上手の落語を聴いている私は、せがれの下手な高座姿を想像するだけで、ゾット背筋に寒いものが走るのである。

今から三年ほど前の、ある日のことである。まっ昼間私が家にいたのだから、日曜日だったか、それとも失業の最中だったか、駅のへんまで、煙草かなんか買いに出たかして、家に戻ると、家内も子供達も外に出ているのか、家の中がいやにひっそりしていた。私は開けっ放しの台所口から座敷に這入り、ふと気がつくと、二三本柿の老樹の突っ立っている崖に対《むか》って、窓をいっぱいに開けて、私の文机の上にデンと胡坐かいた長男の後姿が眼にはいった。彼は何か、ブツブツと独りごちているのである。私は思わず聞き耳を立てた。

「チェッ、馬鹿にしてやがる。二十四色のクレヨンを買ってやる、皮のグローブを買ってやる、職業野球見に連れてってやる、今書いてる原稿がもうじきお金になるから、なんて、嘘ばっかしつきやがって。大人が子供に嘘ついていいのかよ。原稿書く書くと言って、ボク達の声がでかいと怒ったり、お母ちゃんを夜おそくまで起しといたり、お酒を買わしたり、タバコを五つも六つもすって、そいで徹夜して、朝見るとなんにも書いてないで、バカにしてるじゃんか。あいつは嘘つきだよ、原稿料来る来るって、どこからも来ないじゃんか」

私は抜き足さし足になり、逆戻りすると戸外へ出て、それからエヘンと空ラ咳をして、ふたたび家の中へ這入っていった。が、彼は振り向くと冷たい流し目をチラと父親の方に送っただけで、身を翻すようにして外に出ていった。

そんな訳で長男にしてみれば、父親あてにならず、と見極めをつけているのかも知れなかった。満足に学校も出られぬとしたら、好きな落語、講談、浪曲で身を立てるのが早道だと、彼自身深慮熟考しているのかも知れなかった。

この間の正月休みに、私は久し振りに長男を連れて都心に出た。

暮の三十日になって偶々《たまたま》金がはいり、隣り近所の借金を払うと手もとにやっと五百円ほどの金しか残らなかったが、私は三枚の新しい「のし袋」に百円ずつ入れて、それに子供達の名を書きお年玉と書いて、お雑煮のお膳の上に並べたのであった。

ところが、私自身すっかり忘れていたのだが、長男は去年のお年玉より百円少く、長女は同額、次男は五十円の増額だったのである。すなわち長男は不平不満やる方なく、例によってブツブツ始った。

「よし、父ちゃんが呉れなければいいよ。ボクは神田のKさんの小父ちゃんの所へいくからいい。砂町のH小父ちゃんとこへもいくよ。鎌倉のT小父ちゃんのウチもいく。それから浦和のA子伯母ちゃんと牛込のおばあちゃんとこと……お年玉貰いにいこうっと、きめたあーっと」

こういうことを書くと、さだめし読者は、貧乏人の餓鬼はやっぱりねえ、と顰蹙するだろうが、私とて一度は、それはもうやりきれない気持になったのだけれども、しかし更に考えた上で「かまわない、捨てておこう」子供の自由に任せて置こうと思い直したのである。それは彼が、お年玉を貰いに行けば当然貰えるものと決めている子供らしい無心さと、K氏その他が父親よりお金持ちであるという、つまり父親より立派な仕事をしている人達だという尊敬の念に、嘘はないからであった。子供には自分の父親が世の中で一番偉いのだ、という信念を植えつけるべきだと、私も何んかものの本で読んだ憶えがあるが、私自身ちっとも偉くないのだから仕方がない。

それに実のところ、前述の歳末に迫って思いがけなくはいった金というのも、ある俳句雑誌の編輯者であるK氏が、私の家内に寿司をといって、それから行きつけの酒場の主人S氏が子供達にお菓子をと言って呉れた金で、それが寿司にも菓子にもならず、近所隣りの借金に廻ってしまった。そんな私自身のひけ目もあってのことだ。

「よし、では東京へ連れてってやる。神田のKさんのところ、砂町の小父さんチへも行こう。だけども鎌倉のTさんは駄目だよ。小父さんとこの坊やが病気なのはキミも知っているだろう、小父さんところは、いまそれどころではないのだ。それに父ちゃんは、まだ坊やのお見舞にも行けないでいる……」

友達というより恩人というべき鎌倉のT、その長男の見舞すら出来ない現在をおもうと、妙な言い方をすれば私は胸の中が煮えかえる思いだった。

東京駅に出て私はちょっと会社に顔を出した。そしてそこで「中央沿線俳句会」のB氏に会い一緒に外へ出ると、まずB氏から「児童百科年鑑」をお年玉に買って貰い、長男はニヤリとした。神田のKのところでは案の定細君にお年玉を貰い、Kの長男に映画見に連れてゆかれるといった訳でトントン拍子だった。暗くなって外に出ると

「さあ、H小父ちゃんとこへいこう」

「いや、ちょっと待って呉れ、小父ちゃんはいま風邪で寝ているらしい、とKさんがそう言ってた。小母ちゃんも忙しいだろうし、お年玉は、来年まで貸しといてやれよ」

子供が子供なら親父も親父である。ひどいものである。

「じゃあボクは牛込へいくよ。父ちゃんも一緒にいくだろう」

「俺はいやだ。おばあちゃんや伯父ちゃんによろしく言って呉れ」

新宿で家内の里へ行く彼に別れると、私ひとり行きつけの酒場に寄り、丁度来合わせた二三の友達と終電まで飲んだ。そうして電車の中で眠ってしまい、自分の駅を通り越した

先のトンネルの騒音で眼を醒ました。玉川学園で周章《あわ》てて降りると上りはもう一台もなかった。しかたなく私は線路づたいに、トンネルを抜け歩いて帰った。家に着いたのは三時ちかくだった。

家内が起きて、炬燵にうずくまっていた。

「遅かったわねえ。アラ、徹ちゃんは？」

「牛込へ行くといって、新宿で別れたよ」

「あなたも一緒に行って下さればよかったのに」

「面倒くさいから、やめた」

「だって一年に一度くらいは、行って下すっても……」

「一年に一度は行ってるさ、冗談じゃない。妙ないんねんをつけなさんな」

「いいえ、あなたがこの前いらしたのは、弟の結婚式の時よ、おと年よ。赤んぼが、もうすぐ三つになるわ」

「…………」

「それにね、あなたと徹ちゃんが出て行ってから、あたしいろいろ考えたんだけど、やっぱり子供にお年玉稼ぎさせるなんて、いけないことだと思ったわ、あんまりみじめよ。それに徹ちゃんのためにもいいことじゃないと思うわ。いじけた子供になったりしたら、それこそ取返しがつかない……」

そう言うと、彼女はもう涙ぐんでいた。

「お年玉稼ぎなんて言葉を使うと話が大袈裟になるが、それほどヒネて考えることアない、と俺は思うね。だいちお年玉というものが、親が子供に遣るだけのものと決ったもんじゃないんだ。大人同志のお中元やお歳暮と同じで、むかしからの習慣なんだ。悪いしきたりだと言えばそれまでだが、外国にもクリスマス・プレゼントって奴がある、一年に一度、大人が子供達を喜ばせる日なら、あったっていいだろうじゃないか。だからお年玉というものも、本来は、ちゃんとこちらが用意して置いて、よその子供達の来るのを待っている……そういった性質のものなんだ」

「あたしは厭だな、よそ様で戴かなくても親のあたし達が充分にやりたいな」

翌日、夜遅く社から戻ると、長男は先に帰って眠っていた。枕もとに祝儀袋を置き、そのお年玉で買いこんだらしい少年雑誌、漫画雑誌を相変らず積み重ねていた。

無邪気な寝顔である。

「ぬくたえのもん、あれは良かったですなあ」

「え？……」

「ぬくたえのもんよ、あれを知らんのか。それでもあんた、小説を書くというのか、小説なんか書いたこと無いんだろう。やいこのハンカクサキ者。五人のパン助が裸でのたうち廻って、俺の如き若者が活躍する……ほんとに、あれを知らんのか」

「ああ解りました。田村泰次郎の小説でしょう。『肉体の門』」

「莫迦こけ、小説なんかであるか、映画だわッ」

いきなり、十虎という俳人が僕に絡んできた。戦争前には捕鯨船にも乗っていたという、漁村の若者である。はだけた胸といい、四肢といい、どうしても運慶作、寸づまりの仁王そのものだ。僕は断じて逆《さか》うまいと思った。

宵から始めて、既に三升目の焼酎に手がついている。弦・伸尾の両君は先に酔い潰れていて、渡道以来、控え目に控え目にしている僕だけが、不倖にして取残された訳だ。僕の眼の前に、しきりとコップを呷っている砂汀子。竹得それに十虎君達とは、僕はその日が初対面だった。砂汀子君は町医、竹得君は時計店の主人である。あまりいけぬ口の竹得君を除くと、あとの二人はもう大虎だった。前後左右に軀が揺れ、僕にはそれが、天井や部屋の廻転する異常の感覚をそうやって調節している風に見えてならない。

「これ十虎、俺は追分をやるぞ。東京の客人の為めに、蝦夷地の最古典である『××追分』をやる」

「砂汀子、それは許さん、『××追分』ならわれがやる、お前の東京節なんど聴かせて、これが『××追分』なんぞとしたり顔に東京者に帰られたでは、我らが先祖にすまん。勝太郎の『佐渡おけさ』のため、佐渡人がくやし泣きに泣いてる気持を、砂汀子、貴様知らんだろ、では、はじめるぞ、ドンブリ鉢叩けイ」

いま此処に、その歌詞の御披露ができないのを、甚だ残念に思う。夫の船出を見送る妻から、妻の身を思う夫から、かたみに呼び掛けるていの、哀調かぎりなき歌詞なのであるがまた猥せつ酸鼻をきわめるからである。

七月五日、僕は、函館のTという俳句雑誌の同人達に招かれて、七年振りに渡道した。

只招かれただけで、のこのこ出掛けられる目下の身分ではなかった。同人諸兄の、言うに言われぬ御厚意があったのである。函館の弦居に二日居て、恰度農会の出張かなんかで来合せた伸尾に誘われると、三人でこの長万部町の伸尾居を訪ねたのであった。鉄道線路沿いの片側町、見渡したところ商家らしい商家もなく、何処を歩いても魚のわた臭い匂いがして、そのせいか相のよくない鴉《からす》が多くて、遠慮なく言えば如何にも殺風景な漁村であった。暫く雨の降らない道は、ぼこぼこに埃立っていて、識らぬ町を見歩くのが好きな僕は、昼間、こっそり出てみたが、ものの五分と歩かぬうちに退屈して了った。

あまり激しくドンブリ鉢を叩くので、僕は、ひとりでハラハラするのだが、伸尾の細君は馴れッこらしい、平気で笑っている。笑い乍《なが》ら手料理を運び、酒無しと見るや、まるで水でも汲んで来る様に、一升瓶を提げて台所から現れる。追分がすむと讃美歌、それから都々逸《どどいつ》。僕は強いられて、浪花節を唸った、虎造の森ノ石松である。三、四分唸っている間に二ヶ所、十虎から節廻しの訂正を喰った。

「東京の俳人酒を飲め」

「飲んでいますよ、さっきからずっと飲んでるではありませんか」

「では、てんぷら喰えや」

「戴いています、美味いですね、これ」

「嘘をつけ、なにがこんなてんぷら美味いもんか」

十虎さん、ご挨拶ね、と台所から細君の声がする。

「おい先生、何が喰い度いか言え。長万部の海にいる奴なら何んでも喰わせる。今からでも、俺が泳いで捕って来てやる」

何処にどう向いているのか、ドロンとすえた眼で、十虎が豪語叱咤するので「鮭で、お茶漬け」と僕は小声で答えた。ほんとうは、この辺の名物であるらしい、足に毛のいっぱい生えた蟹が食べたかったのだけれども、蟹と言えば「では先ず甲酒」とくるにきまっているし、まさに正一合入ろうという蝦夷蟹？ の甲へ、酒代用の焼酎でも差されたら……それはもう遣り兼ねない連衆のことでもあるし、僕は命が惜しく、鮭を所望に及んだのであった。

「何？ オオスケが喰いてえ、能《よ》くぞ言った。一ピキも喰うか、俺ひとっ走りして来る」

夜半の十二時をとうに過ぎていた。流石に、今から無茶だ、細君に気の毒だと砂汀子が止めたのだが、ドスンバタン家鳴震動と共に、十虎はもう外に飛び出していた。僕は不安になって、つい砂汀子に訊いた。

「十虎氏は、何か感違いしたのではないでしょうか。一ピキだの、オオスケだの……」

「いえねえ、鮭のことをこの辺で大助といいまして、お望みの品に間違いはないんですが」

間もなく二尺に余る大助をぶら提げて十虎が戻った。伸尾の細君は、それを二寸厚味くらいにブツ切りにして、忽ち皆んな焼いて了ったのである。

むかしむかし、お昼のお弁当の蓋をとって、其処に思いがけない御飯つぶだらけの鮭の切身を発見して、思わず羞恥狼狽、ソッと人眼を避けて袖襖をつくり、それでも尚不安で弁当箱の蓋を楯にとる……僕にも身に憶えがある。が当節はまったくその逆をいくものの様である。迂闊《うっか》り弁当箱に鮭など入れて置こうものなら「おい見ろよ、桂郎の弁当の鮭を見ろ。彼奴何んか悪いことをしてるんじゃないか?」友達のそんな囁きを、耳にしないとも限らぬ。

それにしても、このドンブリ鉢の大助の山はなんたる皮肉か。僕は見ただけで、もう胸がいっぱいだった。

函館は
山にかくれる恋人よ
西の障子に
頬あてて泣け

唐突に歌いはじめた。十虎の美声である。普通そこいらで聴く朗詠調とは異《ちが》い、棒のように一本調子で、それでいて荘重である。僕は文章上の煩雑を避けるため、一言だけ書き出しに「ぬくたえのもん」と書いたが、途中の会話は勿論短歌の朗詠も、甚しいお国訛り、濁音の連続なのである。

たちまち四本目の一升瓶も空にした。杯盤狼藉《はいばんろうぜき》を極め、けれども自分ひとり、飲むほどに酔いの醒める思いで窃かに徹宵《てっしょう》の肚を決めた。高鼾に寝こんでいる弦、伸尾の二人がむしょうに怨《うらめ》しかった。

「せっかく東京から客人が来たんだ、いっぱつ句会ぶつべえ」と砂汀子。

「ようし、ぶつべえ」と十虎。

席題が出た。「蚰蜒《げじげじ》」と「夏袴」である。僕は、どうにでもなりやがれと居直る気持になった。蚰蜒と言う虫に未だかってお目に掛った経験もなく夏袴の味も知らない。締切時間の切迫と共に、僕は激しい喉の渇を覚えて台所に起った。細君が、待っていた様に「お酒が少しございます。あの人達には焼石に水ですから」と言って微笑した。僕は思わず相好を崩して、コップの山吹色のそれを一気に頂戴した。近くに見ると、なかなか美しい細君である。

与えられた紙数も尽きたし、我々の名誉のためにも、当夜の吟詠をここに掲載せぬことにする。

やや大胆になった。お酒が発してきたのである。十虎君が中央の俳壇について何か話せという。中村草田男とはどんな男か？　志摩芳次郎《しまよしじろう》とは？　橋本多佳子はどれくらい美人か？　矢継ぎ早の質問に対し、僕はいちいち明確に答えた。

「志摩老ですか、なに若い人？　とんでもない、白髪の老人です。一八八七年生れと聴いていますから、今年六十三歳になられる筈です」

「橋本多佳子ね、そうね僕んところの女房と較べたらどうかな？」

石田波郷が話題に上った。

「波郷って、石田？　だったかや」十虎である。砂汀子が驚いて顔をあげた。

「お前何言ってんだ。波郷は石田よ」

「そうけ、そうだったけ――バカッ、石田なんぞでねいぞ」涎啜《う》って、胡ろんそうに十虎が叫ぶ。もうこれは駄目だと思った。そうして二人の隙を窺って、横になった。

「これ、寝たふりすんな。えいこのハナクラゲ！」十虎のわめく声を聞き乍らも、僕は何時の間にか眠っていた。

翌朝、弦と僕は札幌に発った。伸尾、砂汀子、竹得君が駅まで送って呉れたが、十虎君の姿が見えない、ハンカクサキ者（愛嬌のある馬鹿）だのハナクラゲ（とぼけ野郎）だの東京のお客様さんざんだったと、明け方、伸尾の細君から聴かされた十虎君は、裏口からソット帰ったそうである。

「たいへんな羞渋《はにか》み屋だから、多分此処へは来ないでしょう」と伸尾が笑っていた。

鶴川日記

ロケーション

昼ちかい時間だった。私の家の崖上に、映画会社のバスが停った。ロケーション用の大型バスである。撮影機やライトや銀紙を貼った反射板など運び出しているところへ、また普通の乗用車が三台、それに発電機を積んだトラックまでやって来て、大型バスだけを残すと坂の下へ降りて行った。

丁度夏休みで家にいた長男が、やにわに飛び出して行き、きょうから四五日間、白洲さんの家で「広場の孤独」の撮影がある、監督兼主演の佐分利信《さぶりしん》と津島恵子が、さっきの乗用車の一番きれいな車に乗っていたのだ——という様なことを聞き込んで来た。

お昼ご飯を食べながら、私は不思議に思った。「広場の孤独」は私も読んでいるが、あの小説の中に、萱葺《かやぶ》き屋根の、一見ただの農家としか見えない白洲家の屋敷を撮る——それを必要とする場面があっただろうか。いや、白洲邸の部屋の内部にしたところが、農家の土間をそのまま利用して石畳を敷きつめ、豪華な応接セットを置いた一ト間、古寺の庫裏とでもいった煤けた柱の立つ奥座敷など思い合せても、私には、どうも「広場の孤独」に縁のある家構えとは思えなかった。そういう場面が、私の読んだ小説「広場の孤独」の記憶の中にはなかった。

長男とあいだの女の児が撮影を見にゆくというので「邪魔をしないようにね、トーキーだから黙って温和《おとな》しく見てないと、君達の声まで映画に写っちゃうんだよ」と二人に注意した。

夕飯の時刻が来ても子供達が帰らないので、家内は煮ものに夢中なので、私が迎えに出掛けた。白洲家の入口にある農家の庭に、発電用のトラックが停っていて、重油発動機がひとりで鳴っていた。その発動機から送水・送電のゴムパイプが、かなり長い距離を白洲家の庭までうねうねと走っていた。

玄関先、開け放たれた応接間、それから座敷の中などに、七、八台のライトが想像画で見る火星人といった恰好で据えられ、撮影機が置かれ、その間を半裸の男達が忙しそうに駆け廻っていた。映画のこの場面の季節に合わないのか、石を投げては庭木の蝉を追っている男もいたが、追うそばから飛んでくる蟬が高い梢で鳴いた。
私は私の家の周りの、ほんの四、五軒の子供達だけが見ているのだとばかり思っていた
ら、お婆さんがいる、お主婦さんがいる、村の青年も来ていて、新しい浴衣に赤い帯をし
めた娘達の姿もちらちらするといった具合で、四、五十人の見物人が庭いっぱい人垣を作
っているのであった。
その時、映画で顔見識りの佐分利信が、一見して、むかし東京の街を歩いていた羅紗売《ラシャ》
りの露助といった御面相の毛唐をともない、玄関口に向って歩き出した。「せっかく来ら
れたのに、舞妓さんが見られなくて残念でしたなア……」
佐分利のそんな科白があって、カメラがマイクが二人を追う——そして私は、其処でま
た妙な気持になった。「広場の孤独」の中にあんな科白があっただろうか？　小説の映画
化、脚色のための余計な夾雑物——原作にない舞妓が出て来て、いや、そのせっかくの舞
妓に会えなかったことで、「広場の孤独」がどんな風に面白く変化されていくのか。観客
の興味本位、つまり興行価値と原作者である作家とはいったいどういう関係にあるのだろ
うか。何んだか割り切れない気持で、私は見物人の中から子供達を探し出すとそのまま家
に連れ帰った。
翌日も翌々日も、大型バスが崖の上に停り、運転手が半日手持ち無沙汰な様子で車の中
に仰向けに寝ころび、往還に出ては行ったり来たりしている姿が眺められた。

すると、撮影を見飽きた子供達は、こんどはそのバスを遊び場にしはじめ、ニコニコ笑っている運転手をいいことにして、私達が叱っても聞かなかった。昼の弁当を膝に置いて、柿の葉蔭になった崖に足を垂らしている運転手を見ると、家内が茶を淹れて運んだ。三日目には縁側によんで、お新香や自家製のらっきょう漬など添えたりした。運転手は私と同年配か、一つ二つ上と思われる肥って愛嬌のある男だった。家内が茶を入れかえに起つと、運転手がちょっと躊躇《ためら》うように照れたように

「奥さんは、もと牛込にいませんでしたか？　間違っているかも知れませんが、それ、桶甚といったかな、葬儀屋の裏あたり……」と言った。

驚いて、ちょっと間応えに窮している様子だったが

「どうして御存知なのですか」と家内が小さな声で訊いた。

「やっぱりそうでしたか。案外変らないものですね、いえ、幼な顔ってヤツはどこかに残るもんだ。あなたが十七、八の頃だから、もう二十年にもなる……」

懐しそうに二人の昔話が続いたが、私は意識的に、二十年ぶりで会う男女の会話のやりとりがどんなものか、それぱかり耳を傾けていた。四日目が撮影の最後の日だった。出社する日なので私は朝から家を出ると、例によって終電車で帰った。すこしお酒がはいっていた。

「いいものが、あるんだけど……」と家内が言った。

「何んだい」

「ビール。しかも氷で、ツメタークなっているんだけど」

「嘘をつけ、氷なんか、ある訳がねえ」

「ところがあるんだ。夕方、あの運転手さんが撮影で余ったと言って三貫目位持って来て呉れたの、冷蔵庫にお入れなさいだって。冷蔵庫なんかある訳ないんだけど、冷やすものも別にないからビールを買って来ちゃった」

氷もビールもほんとだった。一トロやって
「自家に、ビールが買ってあるなんて、何年ぶりだい。少々、薄気味悪いな」

「ウフフ……」

「あやしいぞ……」

「何があやしいの、何がさ」

「いや、あやしい」

千　　松

×月×日　「万緑」七月号が届く。村の郵便屋さんが出社前に来るなんて、珍しいことだと思ったら、速達便が一通入っていた。何んのことはない東京のまん中ならば、夕方届く速達が翌朝廻しになっただけの話である。速達はG新聞社の友達から来たもの。私は早速「万緑」の封を切って、靴を履きながらページをめくる。

鶴川村にて　五句

ペダルからぬげし紅下駄村若葉

時計屋に指環赤玉村若葉

朴咲く山家ラヂオ平地の声をして

石川桂郎居にて、戯作一句

個々《みなみな》「千松」袴姿の柿落花《おちばな》

老《おい》紫雲英《げんげ》生路《せいろ》そのまま戻り路

という句が、いきなり眼にとびこんできた。そうしてやはり私の家を詠んだ。

個々「千松」袴姿の柿落花

の句に釘づけになった。袴姿の柿落花とはうまいもんだなあア、個々「千松」とは云いも云ったり。

まだまだ三代目にはならないけれど、いっぱしの江戸ッ子を気取った男が、戦争のお蔭で「焼け出され疎開」して以来、早くも八年の歳月を遣り過ごしたが、味噌醤油にはじまって八百屋だ魚屋だのの借金はおろか、三四日のタバコ代まですべて借り方ばかりの中で、たった一つキモに銘じて貸しになっているのは、それが本職である筈の、お百姓風景を自分のものにする一事だった。江戸ッ子と申して口はばったければ都会ッ子、東京ッ子でもいい、御時世が御時世ならとんだ島流しくらいにしか思えない、都落ち田舎暮しを、商売の俳句の上で膝を敲いて満足するような一句でもモノにしないとあっては、殊更御先祖の芭蕉様を持ち出すまでもなく身近なお師匠様にすまない話だ。

鶴川村はひとも知る柿の名所で、全村これ柿の木ばかりと云っても嘘じゃないが、その九〇%はゼンジマルという小粒で甘い柿。宴会の洋食のあとや、料亭の気取ったお食後の果物にはならないが、柿食いの柿として大歓迎の逸品である。柿の芽吹き頃柿若葉、数ある花の中でその個性を、はっきりと自己主張している柿の花時、その柿の花が「何かに似ている」「何かあったぞッ」、と口の先まで出かかった言葉が言葉にならない時の焦りになったり、モヤモヤとしたものがもう一年半歩で俳句になりかかっている時の興奮を八年間も続けて来た自分だのに、遂に「袴姿」が口を突いて出なかった。

どだい草田男と桂郎ではお月様とすっぽん、勝負にも何もなる訳がない、実力の相違だよと言われればそれまでだが、それにしても今日の鶴川村は俺の縄張りなのだ。「袴姿の柿落花」に私はいっそ地団太踏むおもいだったのである。

けれどもその時、フッと、当然俳人の常識でそう取るところの、袴姿の柿落花そのものが「個々千松」である筈が、いや待てよこの場合の「千松」は——そうか、そうなのか、十二歳を頭のわが家の餓鬼どもをこいつア「千松」と洒落たに異いない。そいでなけりゃ「石川桂郎居にて戯作」が生きてこない、ピンとこない、ウム。……

私は靴を履いて玄関に坐ったまま、家内を振返った。

「草田男さんがみえた時、ウチのあんちゃん達何か喰っていたかね！」

「さあ、どうだったかしら、そんな時間じゃなかったのではないかしら。中村先生のいらしたのは、二時をちょっと廻った頃だったと思うけど」

傍にいた長男が、

「食べていたじゃんか、啓介が。中村さんの小父ちゃんから貰った板チョコを、小父ちゃんのいる前で食べたじゃんか」

と、口をとがらせた。私はそれだ、それに間違いないと思った。袴姿の柿落花すなわち「千松」ではなくて、わが家の「千松」達を指しているに違いない。しかもわが家の六歳の千松がひとりその責めを負うべきではなかった。中村さんの小父ちゃんから貰った板チョコを小父ちゃんの眼の前でひとり独占してる千松より、それを羨望のまなこで流し眼に見ている、あとの二人の方がいっそ作者には千松そのものに見えたかも知れなかった。

「先代萩」の千松はオナカガスイテモ、ヒモジュウナアイ——とまま食べるのを我慢したが、わが家の千松は板チョコにむしゃぶりついた、とすると「先代萩」以下である。親の身としてツライ話ではあるが、しかしやはりそう思ってみると

個々「千松」袴姿の柿落花

が、いっそう面白くなるのであった。

せっかく草田男氏が鶴川村を訪ねて呉れた日、私は留守して会えなかった。例によって、前もってハガキ一枚来る訳でも、誰かに言づけするわけでもなく、草田男氏の来訪は抜き打ちだった。

私は草田男さんに会えなかったのを残念に思ったが、悪いことをしたすまないことをしたとは思わなかった。それは草田男さんは俳句を作るのが目的で、私に会うのが目的ではないことを、自分はよく承知しているからであった。俳句を作るときにはそれがたとえば旅先であっても、絶対ひとり歩きするひとだと聞いていたからであった。私がもし偶然にその日居合せたら、無理しても酒かなんか買って来て、きっと句作の邪魔したに異《ちが》いなかった。

草田男さんの「千松」以来私の家では、「ソレソレ千松」とか「マタマタ千松」とか云

う言葉が流行っている。喰い物のことで行儀の悪い子供達に対して、ご近所をはばかり乍ら、爆発一歩手前の声を殺した口小言なのである。

ところが六歳の千松、親の苦労をどう取違えたか、きのうきょう腹が空くと、「ボウにセンマツくれ」ときた。

卒業歌

いつの間にか長男が小学校を出ることになり、学校から届いたトウシャ刷りの指示にしたがって、私は一日社を休んで卒業式に列席した。PTAの会合にも学校の祭りごとにも、ついぞなまけていたお詫びもあったが、六年間の半分をお世話になった子供の受持の先生に、黙ってひとつ、お辞儀がしたかったからである。

式の順序は、君が代を歌わないだけで昔の私達の時代と少しも変らなかった。校長の挨拶、来賓の祝辞、それに対する卒業生代表の答辞と進んで、それから優等生の褒状授与が行われた。四組の代表の少年少女が壇上に進み、もっともらしく賞状と賞品を受ける姿も、木綿の紋つき袴おさげにリボンが、ツメ襟服おかっぱに変っただけの相異だった。けれどもそのあとで、この六年生の一年間と、一年生から六年生までの間を一日も休まずに登校した生徒の表彰があって一年間無欠席者が十三人、六年間のそれが三人、それぞれ壇上に進む、それはもうハッキリと優等生達とはちがう、てんでんばらばらな、ギゴチない受賞の様子を見ているうちに、私はついにウッとなった。思わず、不覚の涙をこぼしてしまったのだ。

「偉いなあ、君達こそ、ほんとにえらいんだ。それこそ一番大事なことなんだぜ、よく我慢した、よく頑張って呉れたね……」

私はそう、胸いっぱいに叫んでいた。今年の大雪の日のあの九寸も一尺も積った雪の中を、去年の長雨の泥道を、木蔭ひとつない燃えちゃいそうな田んぼ道を、君達は一日も休まずにこの学校この校舎に通った。それこそ人間の一生で一番大事な、一等偉い精神であり仕事なのです。小父さんはさっきの優等生には別に驚かなかったけれど、君達には頭をさげました、生意気言って悪いけども心からお礼を言います。

やがてオルガンが鳴り、おもえばとうとしと歌われ、五年生の蛍の光が合唱された。そうして、三人の女生徒と一人の女の先生の顔がみるみるクシャクシャになり泣きだした。そしてそれを見た私は、かえって明るい、いっそ晴々とした心持になっていたのだ。むかしの自分達の卒業式には、女の子が五十人、女の先生が十人も泣いた。戦後の何から何まで気に食わぬご時世ではあるが、たった四人しか泣かない卒業式を見て、私は妙に力強い将来を希望することが出来たのであった。

式の終えたあと、私は廊下で長男の受持の先生に会い、言葉なんかでどんなお礼が出来るんだ、といった気持でお叩頭《じぎ》をした。すると先生も、何んにも言わずに頭をさげた。

口に出てわれから遠し卒業歌

鶫《つぐみ》

停電と停電の間をねらって、あわただしく子供達にご飯を食べさせ、鶏《とり》小屋に鶏を追い込むかっこうよろしく、蒲団に寝かす。そうして、私たち夫婦は炬燵の中で、一本の蠟燭をたよりに、私は五号活字の小説本を、女房は子供のつくろい物を膝にしていた。けれども私は、その小説を読んでいるわけではなかったのである。一触即発とでも言いたい気配、——この五六日の夜の停電のたびに、夫婦が一つ炬燵に入って黙りあう三十分間の暗闇の中の、何か、もの言いたげな妻の気配に対する小説本は一種の城壁なのであった。

年末である。近所の農家に米野菜の借金があることも、税金、電気代その他が溜っていることも、実は私も、ちゃんと承知しているのだ。駅前の薬屋さんの借り、薪、炭代《すみ》はむろんのこと、村にたった一軒しかないかかりつけの医者の払いが、一年ちかくたまっていることも知っている。が、しかし、どうにもならないのだ。昨年の暮は勤め先のM書店が つぶれ、とうとう失業匆々《そうそう》の元日を迎えたわけだが、そしてその時にくらべれば、まだし も私たちにとって明るいはずの今年の歳晩《さいばん》なのだが、足りないものはどうしても足りなか った。古井戸の底にでも坐っているような、心の暗さはどうにもならなかった。

給料値上げのストだ、越年手当だ、ボーナスの割増しストだと世間では華々しく騒いで いるようだが、私たち夫婦には、そうした騒ぎすら、いっそ高嶺《たかね》の花といった感じがす る。お倖《しあわ》せなことだと思う。私達には騒ぐにも騒げないいちっぽけな、赤字続きの勤め先だ ったからである。夫婦になってかれこれ十五六年目になるけれども、妻はボーナスという ものを全く知らなかった。

「そう言えば、夢にも見たことないわね」

と、妻が無心に笑ったことがあるが、これは夫の私も同様なのだ。

蠟燭の明りの中で、針の手を熄《やす》めた妻の顔が私に向く、その気配だけで、私の口から咄 嗟に、考えてもいなかった言葉が飛び出す。

「永井荷風って、たいへんな爺《じい》さんだね」

「何が大変なの？」

「小説のお色気さ……」

出鱈目なのである。口からの出まかせなのである。だいいち、私がいま膝にしているのは、川端康成の「雪国」なのであった。

あと十五分、それとも十分くらいかな？　電灯がついてくれさえすればいい。私は黙って机の前に坐る、それでいいのだ。今夜一ト晩は、ともかく無事に済むのだ。

お仕事中……。

けれどもふたたび妻の顔が向き
「あのねえ、あなた」

と蚊の鳴くような声がした。この暮をどうするのか、金のことにきまっている。

と、その時である。わが家の飼い猫が、勢よく外から跳《と》びこんできた。蠟燭の明りの中で、何か口にくわえているのを夫婦して一瞬に見た。三毛は身を擦るようにして私の机の下にもぐった。

野鼠にちがいない。いつものように、仔猫ほどもある奴を捕ったにちがいない、また畳を汚される。鼠を喰う猫の歯の音が思い浮ぶ。

怯えている妻を叱って、私は蠟燭を片手に机の下を覗いて見た。

鼠ではなかった。黒っぽい鳥の羽が見えて、それがまだ生きてあばれていた。そして私は、かえって鼠より気味悪く思った。

私の家の三毛は足掛け七年も生きている。虎斑《とらぶち》の薄汚い牝猫であるが、猫も齢《よわい》七歳におよぶと、そろそろ化けものの類に属するようだ。私は生れついての猫嫌いの上に、わが家の七歳の牝猫とはどうしても気が合わない。忘れている時はいいが、フッと猫のことが思い浮ぶと、着ているもの、夜具の襟、いやご飯の中にまで猫の毛が混っているような気がしてくる。七歳と言えば老婆の筈だ。それが交尾期が過ぎるたびに毛並みの艶を失い、瘦せて骨ばる。そしてきまって孕むのである。

いよいよ産気づいて来ると、猫は妻の着物の裾をくわえて、押入の方へ引っぱっていく。泣き声がちがうから判るのだと言い乍《なが》ら、妻は押入の中にボロを敷き、猫の産褥《さんじょく》をつくりはじめる。

うったえる様な、甘える様な妙な泣き声がしばらく続き、その泣き声のする間「よしよし、だいじょぶよ、しっかりお産みなさい」と妻は猫の腹をさすっている。無事にお産のすむのを見届けて、妻はやっと安心して眠りにつくのである。バカバカしい話だ。

その時パッと電気が点いた。そして机の下で猫のくわえているのはツグミだと分った。私は猫の首根ッこをおさえつけて、そのツグミを奪った。ツグミは私の掌の上で、つぶらな眼をパチパチさせているが、もう飛ぶ気力はなく、小枝を折ったように細い片脚が折れていた。胸毛のあたりが血に濡れていた。

妻は、昼間猟師に撃たれたツグミが、草の中を這って逃げまどっていたのを、三毛が探し当てたのだろうと言った。私は木の枝にとまって眠っているところを狙い獲ったに異《ちが》いないと言い、二人はそのことで争った。そして私は争い乍ら、腹の中からこみあげてくる可笑しさを耐《こら》えかねていた。僅か三十分が、一時間にも二時間にも思われる長い停電。無言のつらさ。猫が飛びこんで来て、ツグミをくわえていて、そんな偶然の出来事の間に電気が点く。

「小説のお色気……か」

思わず苦笑の浮かぶ私の顔を見て、妻はフフッと無邪気に笑う。猟師に撃たれたツグミ、木の枝に眠っていたツグミの子供っぽい口争いを彼女は可笑しがっているのだ。

妻は、可哀そうだから、ツグミを近くの小川に棄てると言ったが、私は三毛の上ワ前《うわまえ》をはねて、私が食べると言い張った。

「川の中に捨てられて何処へ行くんだ。ツグミの土左衛門なんて、その方が考えただけでも可哀想だよ。それより俺が食べる。脂が乗っていて、今が一番美味い時なんだし、火葬にしてやろうよ、そして俺の腹の中から天国へ送ってやろう」

それでも妻は黙っていた。私はしかし、どうしてこの未だ生きて、眼をパチパチさせているツグミをつぶそうか迷った。

ふと四五日前、村の猟の上手い医者から聞いた話が思い浮かんだ。その時は何気なく聞いた、その小鳥をつぶす法を、そうだ、あれでやって見ようと思った。

私は針箱から、一番長い木綿針をさがし出してそれを持つと、台所に起《た》っていった。左の掌でツグミの軀《からだ》を包むように床の上におさえ、指の間から頭のまん中へ、その木綿針を「エイッ」と掛け声をかける思いで突きさした。羽をむしり、生醬油で焼鳥にした。脂が乗っていた。七輪の中でそれがジュウジュウ燃えた。

妻がそばに立っていた。八ツ口から両手を胸に、ふところ手の恰好で、眉をひそめ、私の手もとを無関心に眺めていたが、やがてニヤニヤしながら言った。

「ほしいんでしょう？　借りて来てほしいんでしょう？　焼酎なら、前のお家にあるから、一合だけ借りて来てあげようかな。頼むって仰言い、さあ……」

ひと夜

つい眼と鼻の先に住んでいながら、そうしていろいろと言葉に尽せない御恩になっているのだが、その晩白洲さんのお宅を訪ねたのはかれこれ半年ぶりにもなるだろうか。

その間《かん》に、墨や毛筆が無くて戴きに行ったり、お砂糖、コーヒーなどのごむしんに上ったりはしたが、それは縁先で夫人に会い、長男のニヤマ氏のアトリエに寄るだけで用が足りていた。

その日私は、植物の本でちょっと変ったものが手にはいったので、平素のお礼代りにそれを次男のペピイ君に届けるつもりで、たぶん七時頃だったろうか白洲家の玄関に立った。

「鎖につながれていればいいがなア」

暗い坂道を登ってくる時から頭を離れなかった猛犬が、はたして私の尻のあたりに首を寄せ、異様なうなり声を立てている。

「クロ、クロ、お前、また肥ったなア」

私は猛犬にお世辞をつかい、その癖浮足立って土間の大戸を開けた。

白洲家は、この鶴川村の小高い丘陵の中途を切り開いた、三百坪ほどの土地に建つ萱葺きの三棟《みむね》からなっていて、母屋《おもや》、アトリエ兼子供部屋、それに倉庫というか、蔵というか、すべて田舎家造りの質素で古風な建物《たてもの》だった。けれども、内部がすごいのである、豪華なのである。普通農家の平土間になっている場所、隅に竈《へっつい》など据えてあるところには一面に真ッ黒に光る石畳を敷き、どっしりと重そうな応接セットを置き、ヨーロッパ出来らしい袖机・椅子・時計が置いてあるかと思うと、鋤・鍬・鎌、大工道具がところかまわず散在している。トロトロと薪を燃やす煖炉が壁に仕掛けてある。そして座敷の中がまた大変だ。学問のない私のような者には、何が何やらさっぱり判らないが、何んとなく一種の勘で、朝鮮または中国あたりの国宝級の道具類、それから徳川時代か、それとも足利時代か古色蒼然とした器物が、部屋中にごろごろしている。煙草の灰を捨てようとして、灰皿が見当らずまごまごしている私に
「どうぞ」

と夫人が取って呉れたおかしな銅製の器《うつわ》が、古代朝鮮の馬の鐙《あぶみ》だったりする。むかしの中国や朝鮮の絵を見ると、牛に乗ったヒゲの長い男を能《よ》く見るから、牛の鐙もあるのだろう。それから夫人の御飯時にぶつかったりすると万暦赤絵の皿にたくわんのお香物《こうこ》が乗ってきたりして、それはもう数えあげたらきりがないのである。

「今晩は……」

「だれ？」

白洲氏が煖炉の前にいて、無愛想な、暗くて誰か判らぬといった顔を向けた。

「桂郎です、石川桂郎です」

「ああ桂郎さんか、お這入り、中へ這入んなさい」

白洲さんは真ッ赧な顔をしている。煖炉の明りのせいばかりではないようである。先客が二人ふかぶかと椅子にもたれている。

「ここよりも、君は、座敷の方がいいだろう」

という御主人の声と一緒に

「御機嫌よう。ちょうどよかった、桂郎さん。先生が来ているわよ」

障子越しに、正子夫人の明るい声がする。

先生というのは、隣村の柿生村に住む河上さんのこと、つまり私に対してそう呼んだ訳で、夫人自身は、「徹兄イ《に》」または「徹ッつぁま《て》」などと呼んでいるのである。私は土間の一番近いところから、重い六尺障子を開けて這入ろうとしたが、そこは何時の間にか通路ではなくなっていた。そして例の国宝のたぐいが足もと二尺の高さに蟠《わだかま》っている。

「いけねえ……」

「かまわない、お跨ぎ」と夫人が微笑する。

「やあ、しばらく。こらッ桂郎」といきなり河上さん。

三尺に九尺ほどの食卓らしい大机の上に、裸ロウソクが一本立っていて、ここにもお客さまが二人いた。停電だったのである。ロウソクの明りに眼が馴れると、お客様は先生の奥さんの二人の妹さん達だった。その姉妹は私の家から田を隔てた、向う三軒のひとつに住んでいる。

すでに先生の眼がすわっていて、足もとに空ラ壜がころがり、新しい方にも手がついている。御自慢のコールテンの猟服を着た先生から、私は少し離れて坐った。

「ほんとに暫くだったね、どうしているの？」

「先生は、お元気ですか」

「お前さんのことを訊いているんだよ」

「まあ、どうやらやってますが、三四日前に会社が潰れちゃって、また当分浪人です。どうも……」

「ほんとう？　そいつア困ったね、それでだいじょぶなの」

「まあ、何んとかやってみるつもりです。それにいま、少し軀の具合も悪くしていますので、これを機会に、自家《うち》で寝てみようかと思ってます」

先生はちょっとの間《ま》、私の顔を凝視《みつめ》て、それから白洲夫人との話の続きにかえった。どうやらそれは、犬についての話題のようであった。先生は手振りよろしく
「こうやって、彼奴《あいつ》、ものを嗅《か》ぐんだ。外輪《そとわ》に前脚《まえあし》をひらいて、地に鼻をつけるんだ。これはね、駄犬《だけん》でない証拠なんですよ、犬が内輪に踞《かが》んでものを嗅ぐようじゃあ、駄目さ」

「解るッ」

と、白洲夫人が相槌《あいづち》をうつ、酔っぱらいに逆らわぬ、その手にも見える。

「どうだッ」

先生は得意だった。そして私の推量よりもだいぶ酔っているらしく思われた。それにしてもよほど御自慢の犬らしい。そう言えば、先刻《さっき》から戸外に犬のやかましい応酬がする。

「桂郎さんは、これでよかったかしら？　ビールもあってよ」

白洲夫人がウイスキーの壜を取りあげて、裾つぼまりの絵模様のある、たっぷり二合ははいろうといったグラスを一緒に私の前に置き、水差しを取って呉れた。

「桂郎、飲めッ」

先生の叱咤の声がかかったので、私はグラスを手にすると、酒よりも多い目に水を注い

だ。友達とのつきあいで二三度飲むには飲んでいたが、このところ一ト月ちかく勉めて深酒を謹しんでいたからであるが、今晩は相当な覚悟がいるぞ、それに舌の上に乗った時のパッと花のひらくようなウイスキーの味も、こいつア唯ものじゃないと思った。

一時間くらいお邪魔をしたか、思わず過した久しぶりの量に、私は何時《いつ》もの如くだらしなく酔ってしまった。そうして囲炉裏の自在鉤《じざい》にさがっている釜ばかり眼につくのは、灼けるような喉《のど》のかわきからなのだと、私は揺れる頭で自問自答していた。

やがて挨拶もそこそこに座を立ち、蹌踉《そうろう》と、しかしいい心持ちで下駄を履くと外に出た。明るい氷るような月が出ていた。一面の水田にそれが映って、夜眼にもくっきりと畦のうねりの走るのが見えた。けれども、枯れきった柿の枝が踊っている、一丁もない自分の家までの道で、私は二度も転んでいた。

「水を呉れ、水を」

私は座敷にころげこむと叫んだ。

「やッ、御帰館、御帰館」

「また、酔っぱらっているんじゃんか」

「トウタンの、ヨッパアイの、バカヤジオ」

鶴川弁をまじえて、三人の子供たちが囃し立て、老母がちょっと厭《いや》な顔をすると、家内までがそれに便乗するかたちで、

「ほんとうに駄目なお父ちゃん。微熱があるの、咳が出るのって言いながら、ねえ、お酒なんか飲んで……」と顔をしかめてみせた。

「うるせえ、すぐ寝る。やい、蒲団敷けッ」

「なにさ、いばって……」

「誰がえばった。亭主がえばったからどうしたんだ。酒呑みの気持なんか、てめえ達に分ってたまるかッ、ウップ」

その、てめえ達の複数がいけなかった。

「ユキ子、蒲団を敷きなさい。そして、あたし達明日《あした》っからもうこのひとの軀《からだ》なんか心配するのよしましょう」

婆さんの喉につまったそんな声を意識すると、私は蒲団を敷いている女房の頭をポイと叩いた。そうして、ぶっ倒れるようにそのまますぐに、何もかも判らなくなってしまった。

が、間《ま》もなく、家内に揺り起されたのである。

「あなた、先生がいらしたのよ、あなた」

「まあ、たいへんなところへ……どうぞお上り下さいませ、どうぞ」

母の声と一緒に、

「こらッ、桂郎。なあんだ此奴《こいつ》、生意気に寝てやがる。アッハッハ」

先生はドシンドシンと枕もとに踏み込む恰好で、そして大胡坐《あぐら》掻いた。なにも先生が、私の家にあがりこんだのは今晩に限った話ではなかったが、それにしても、如何にも不意打ちの感じであった。襖《ふすま》も障子もない、それっきりの、あけっぴろげな三畳と六畳は子供達がちらかし放題にちらかしていて、綿のはみ出た私の蒲団も今更とは思い乍ら、やっぱり恥ずかしかった。四角な柱の一本もない、戸障子の建てつけの悪い、だから家中が隙間風の吹きっぱなしなそんな畳に坐った先生を、私は思わず上眼使いに見て言った。

「や、いまお帰りでしたか」

「何がお帰りだ、お前さんのところへ来たんじゃないか。馬鹿ッ」それが酔った証拠の「バカッ」が出て、そして「おばあちゃま、桂郎は駄目な奴ですねえ、酒の席を中途で、きまって、この男は逃げ出すんですよ、まったく興ざめな男ですよ」

と、母の顔を下から覗くように言った。

「左様でございますか、はい……」

母は膝を固く坐って、お辞儀していた。犬の鳴く、鼻声が外でしていた。

「奥さん、コップを二つ下さい。もう少し飲みます、この貴女《あなた》の旦那さまに飲ましてやり度くて、これ、白洲正子に貰ってきました。それから、水を下さい」

見るとやはり、スコットランドの本物である。先生はすでに泥酔にちかい。

私は咄嗟に、此処《ここ》から柿生村までの夜道を案じた。去年の夏、やはりひどく酔って私の家に立寄られた先生を、私はその時御一緒だった先生の奥さんと二人で、やっとの思いでお宅まで届けたことがあって、その山越えの道は、普段ならば二三十分で行けるところなのに、その晩は一時間以上もかかったのであった。道ばたに坐りこんでしまうのはまだしも、せっかく登りつめた坂道を先生は逆戻りしてしまう、道でない道に踏み込もうとする。若い頃も今も、野球やゴルフで鍛えた先生の腕力、それに酒のいきおいの加わった暴力にちかい糞力は、私の細腕ごとき何んの用もなさず、奥さんと二人でただオロオロするばかりだった。私はその晩以来酔っぱらった先生のお供はこりこりしていた。

家内が薬缶とコップを持ってきた。先生は無雑作にウイスキーをぶちまけると、乾盃の手つきで

「さあ、飲もう」と言った。

子供達が珍らしそうに、それを見ていた。こうなればもう素直《すなお》に受けるより仕方がなく、私もコップの手を挙げていた。

「桂郎、こらッ、何んだその不味《まず》そうな顔はッ」

お袋や女房は、それはまあいいとして、三人の小さい奴の手前拙《まず》い、私にも多少の威厳がほしかった。で話をそらすつもりで、

「先生の、その服いいなア。猟の服でしょう、英国製ですかそれとも露西亜ものかな?

アントン・チェホフ……」と言った。

「何を言ってやがんだ。チェホフとこの俺の服と何んの関係があるんだ、つまらねえ。それよりこの先どうするつもりなんだい。先刻《さっき》言った会社が潰れたって話、ほんとうなの？　さしずめどうしてやっていくんだ、こんなに大勢いてさ……」

軀がぐらぐら揺れ、そしてろれつもよく廻らなかったが、先生の言うことはいちいち身に応えた。

「はい、仕事は捜します。何んでもやるつもりです。何処か出版屋の校正の仕事でもさしてやって見ようかと思いますが、医者に暫く寝て見ろと言われていますので、十二月一月いっぱい静かにしていてみたいと思います。御心配かけてすみませんが、何んだか軀の方もギリギリのところまで来ている様な……そんな気持もしますので」

「また馬鹿なこと言ってやがる。お前さんの校正なんかに、金を払う出版屋なんかあるもんかい」そう言って、先生も苦笑していたが「俺も何んか考えて置くよ」とも言って呉れた。

　気がつくと、小さい方の奴を膝にした母も、それから家内も座敷の隅にかしこまって、先生の言葉を訊いていた。思いなしか先生の言葉のひとつひとつに、母はコックリコックリうなずいている様子にも見えた。上の二人の子供も、緊張した真剣な面もちで、耳を傾けていた。そして一番上の奴は、時々私の方を盗み見ながらニヤリニヤリしていた。

私はなんだかいたたまれない気持だった。いっぱいに入《はい》っていたウイスキーが半分になり、三分の一になり、私はもう眼眩《めま》いがするほど酔ってしまったが、先生はいっこうに腰をあげる気配がなく、私は、また叱られてはと歯を喰いしばって緊張していたつもりが、ついにひとりノビテしまい、先生が何時帰ったか知らなかった。

翌朝《よくあさ》眼が覚めると、わたしは家中の者に揶揄《からか》われた。非難といったほうが正しいかも知れない、さまざまな言葉を聞いた。

「先生がいらっしゃる間に、先へ寝てしまうなんて、あたしは、どうしていいか判らなかった」と母が言った。

「普段いばっていたって、河上さんの小父ちゃんの前だと、父ちゃんだらしがないね」と長男の奴が言った。

そして暫くして、二人きりになると、それを待っていた様に家内が言った。

「先生は、あれからしばらく、おひとりでお酒あがっていらして、あなたのこと、いろんな風に仰言っていたわ。おばあちゃま、おばあちゃまって、おばあちゃんのこと呼んでは、そして終《しま》いに、お帰りになる時に、どうかあの男を殺さないでやって下さい、お願いします。それはあの男は、病気なんかでは死なない、死にませんが、その代り……判りますねおばあちゃま、あなたは判るひとだ――なんて仰言って、手をついておばあちゃんにお辞儀なすって」

私は呼吸《いき》苦しかった。それでその呼吸苦しい奴を追ッ払うように、まるで心にもないことを口走っていた。

「うるせえな、どうせ酔っぱらいの言うことだ。解ってるよ。それよか、先生はゆんべ、柿生へ無事に帰ったろうかね」

「犬に連れられて……ゆうべは前のお家《うち》に泊られた御様子よ。今朝、田んぼの向うで先生の犬を呼ぶお声がしていたわ」

平素冗談口ひとつきけない家内の「犬に連れられて」をその時私はちょっと面白く思った。そして元日の朝、必ず先生を訪ねようと思った。

二重橋

今から二十五六年も前になるか、私が十六七の生意気盛りの頃のことである。日本に来ている外国の自動車に興味をもち、お出入り先の屋敷の運転手さんからカタログを貰い集めたり、各種の自動車の名とその産地を憶えたり、多少エンジンの内部構造など聞き齧《かじ》っては得意になっているうちに、「よしッ、日本へ来ている自動車に片ッ端しから乗ってみてやろう」といった妙な念願を立てた。ロールス・ロイス、ピアサロー、リンカーン、キャデラック、パッカード、デイムラーといった様な高級車から、中級のクライスラー、ナッシュ、ビイック、ハドソンなどの車、さては円タク用のシボレー、フォードに到るまで、手段を撰ばずやってみようと思いついた。

日本に来ている自動車の全部に乗る——ということは、一応東京市内を走っている自動車に乗れば済む訳のものだが、これがなかなかの難事だった。早速私は一冊のノオトを買い、リストを作った。乗った日の日附、自動車の名称、乗った場所、車の所有者名、そして摘要欄には乗ることの出来た理由を書き込むことにした。今日思いかえすとまったくバカな願望を立てたものである。

なにしろ二十五年もむかしの話だから、何んという名の車を幾つノオトしたか忘れてしまったが、相当な数だったように憶えている。いまこれを書いている私の家の向う三軒の一つに河上徹太郎氏の義妹が嫁《とつ》いでいる。たしか御主人は外国の自動車会社に勤めている筈だから、其処へでも行って尋ねたら、当時日本にどんな車がきていたか、すぐに判るだろうが、小川を飛び越え畦《あぜ》を渡りするのが面倒で、つい聴きそびれてしまった。

ともかく私はひとつひとつ乗りはじめた。クライスラー級の車は当時少し気の利いたハイヤーを探し、店先きで東京駅まで、銀座までとひとこと言えば「円タクがあるのに、おかしな小僧だ」くらいな運転手の顔を見るだけで楽に乗ることが出来たが、ノオトの車名に赤○が十もつくかつかぬうちに、次第に困難を生じてきた。子供心に憶えた車名であるから、読み方にとんだ間違いをしているかも知れないが、たしか伊太利の車でルノー、それからどこの国の車だったかマーサー、仏蘭西のリア・フランセ、独逸のメルセデス・ベンツ、オースチンの大型小型と云った様な自動車に突き当った。そのほかにも今は忘れた名の車がぞくぞくあった。

まっている。

私は苦心惨憺《さんたん》の揚句《あげく》、ひとつひとつ乗り棄てていった。縁もゆかりもない知名人の所有車を、それでもどうにかこうにか縁をつけゆかりをつけ乗っていった。いま手もとにそのノオトでもあれば、詳細に説明できるのだが、残念乍ら次の二三の他はほとんど忘れてしまっている。

キャデラックに乗ったのは華頂《かちょう》宮様のだった。もちろん運転台だったが、当時の私の主義は「何処であろうと、ただ乗り込めばよかった」のである。横山さんという運転手さんで、この人は私の店（当時三田の聖坂で理髪店をやっていた）のお客さんだったから、これは比較的難なく乗せて貰えた訳であるが同時に私はこの車で、市内を走る超スピードの経験もした。横山氏は三田で私を乗せると、赤坂溜池までの間に、「きょうは五十台の車を追い抜いて見せる」といい、もし五十台抜けなかった場合は、夜、支那ソバをおごろうと言うのだ。はたしてその時五十台の車が、三田から溜池までの間に、偶然に宮家のキャデラックの前を走っていたかどうか、その夜支那ソバにありついたかどうか、これまた記憶にないが、私は今でも、その時の恐怖心だけは忘れられない。横山氏のキャデラックは右側通行も左側通行もなかった。あまりの乱暴さに追い抜かれた車がびっくりして停ってしまう。歩道の通行人が呆気《あっけ》にとられて見送る、交番から巡査が狼狽《あわ》てとび出して来る。けれどもバック・ナンバーの菊花御紋章を認めるまでもなく、横山氏のスピード違反は毎度のこと常習なのである。明らかに横山氏は職権を乱用していた。

リア・フランセ。この車はその頃日本に一台しかなかったが、そしてこの車を持っていたのは日本工業の社長小林長兵衛氏の長男で、仏蘭西帰りの青年紳士だったが、この人も私の店のお客だったので帰朝早々これに乗せて貰い、両国の花火を見に行ったのを憶えている。

マーサーという車には苦労した。というのはこの車は当時シャム公使館にあって、中々おいそれと乗る訳にはいかなかった。しかし窮すれば通ずとでも言うか、シャム公使館の料理人のひとりに私の小学校友達の伯父さんがいることが判って、私はその友達から伯父さんに、伯父さんから運転手さんといった工合にわたりをつけて貰い、電話で連絡させるなどたいへんに迷惑を掛けた上でやっとのこと希望がかなった。

私はこうして執拗《しつよう》なまでに熱心に、ひとつひとつ変った自動車に乗り、ノオトの車名に赤○をつけていった。自家用車の運転手には行く先々で識りあった運転手仲間がいて、私のノオトの赤○の幾つかは横山さんほか私の知人である運転手さんが、手つだって呉れたし、どうしても乗る機会のなかったピアサローという車には、たしかこれも私の友達の弟の井深三郎君（当時、ゴルフのキャデイをしていた少年）の口利きで乗せて貰ったように憶えている。前車の泥よけのところが、自然につまみあげたように、朝顔型にふくらんで、其処がライトになっている。見るからに貴族的な高級車だった。

そうしてついに、たった一つノオトの端に残ったのが、ロールス・ロイスの名だった。

これは天皇陛下のお召し自動車としてしか見たことのない車だったので、床屋の小伜の身で、これだけは諦めなければならなかった。畏れおおいことである、だいそれた望みと云わざるを得ない。私は最後のロールス・ロイスだけひとつ残ったノオトを、机の引出しの奥深くしまってその日から自動車のことを忘れようとした。

ところが或る日、私の店の前にそのロールス・ロイスが音もなく停ったのだ。陛下のお召し自動車と寸分違わない。二階家のように背の高い車であった。私は車の中からどんな人が降りたか、そんなものは眼に這入らなかったが、車体だけはなめるようにして幾度も幾度も見て廻った。客の戻って来るまで、運転台で雑誌かなんか読んでいた運転手さんが、その時なんとなく立派な人物であるように私には見えた。やがて去って行くロールス・ロイスの後姿を、呆《ぼん》やりと溜め息ついて見送っていたほどだった。けれどもその、近々と眺めただけで充分満足したロールス・ロイスが、翌日から、毎日のように私の店の前に停りはじめたのである。そしてたちまち町内の噂が立った。自動車は切通しの岩崎本家のもので、私の店の横丁にある佐竹男爵家を訪問のため来るのだ。何んでも岩崎の御曹子が、学習院へ通学中の佐竹のお姫様を見染めての、たっての求婚だと噂した。こうした場合、ことの真偽なんかどうでもいいのである。自分の町内の出来事はすべて、自分の町内に有利な、都合のいい話にしなければ気のすまない我々だった。

私の店の横丁は道幅がやっと九尺あるかなしだったから、大型の自動車は入れなかった。岩崎家のロールス・ロイスも、だから何時も私の店の前に停っていた訳だが、そんなに狭い横丁の突き当りには松平（讃岐守）邸があった。そして佐竹家はその屋敷内の建物の一つにあった。品のいいお母さんと美しい兄妹の三人暮しで、その兄さんの方は帝大の学生だった。普段《ふだん》は角帽に学生服を着て歩いていたが、三大節のような日には金ピカの大礼服を着て自動車に乗って行くので、それがえらく子供心に印象的だった。

　妹さんは上品な健康な美しい人だった。朝、箒を持って外を掃いている時などこのひとに会ったりすると、つい思わずお辞儀をしてしまう様なそんなお嬢さんだったので、私も岩崎家からお嫁に貰いに来るのは当り前だと思った。

　岩崎家の運転手さんは、時によると二時間三時間と店の前で待たされることがあって、私も自然に顔馴染みになり、時には熱いお茶を淹《い》れてあげたりするようになったけれども、どういうものかそのロールス・ロイスに乗せて呉れとは言い出せなかった。そしてそのうち無事にお輿入《こしいれ》も済んでしまい、その後岩崎家の車もあまり店の前に停らなくなった。

　私はとうとうロールス・ロイスだけは諦めた。いや乗ってみたい車で乗れなかった車が、私のノオト以外にひとつだけあった。それはパッカードの、直立十二汽筒車だった。エンジンの部分が普通の自動車の倍もある、何んとも言えないスマートな車だったが、この車にはどうしても手蔓《てづる》がつかなかった。もっともその後暫くして、この車が葬儀車になっているのを見掛けたが、その時はもう自動車乗りの熱もさめていたし、たとい夢中になっていた頃でも、葬儀車にまでわたりをつけたかどうか解らない。

さてロールス・ロイスだが、これには後日談があるのだ。

佐竹家のお輿入から四五年も経った頃だったか、私は日本橋の三越の横でひょっこり、岩崎家の例の運転手さんに会った。すると運転手さんが、これから銀座の方へ出るが、もし君もそっちの方へ行くんだったら、この車に乗りなさい、と言う。もちろん私は乗せて貰った。そして私が助手台へ乗ろうとすると、運転手さんは、遠慮しないで客席へ乗りなさいと、無理矢理私をうしろの席に乗せてしまったのである。二階家のような感じと、前に述べたのは実はこの時の、車上の実感だったのだ。これで私は最後のロールス・ロイスにも乗ったわけである。やがて車が銀座通りに出ると、どうした訳か松屋の正面口にぴったり横づけにされた。運転手さんが跳び降りるとドアを開けうやうやしく私にお辞儀をして、下を向いたまま、黙って何んにも言わないで早く店へ這入りなさい、と言った。私はその時の緊張した運転手さんの様子から察して、咄嗟《とっさ》に、これは誰か岩崎家の人がその辺にいて、知らない人間を車に乗せた、バツの悪さをゴマ化す芝居だなと感ぐった。だから私もすっかり取りすました顔で、大股に正面口へ這入って行った。そしてえらいことが持ち上ったのである。私が何気なく一階から二階へ上ろうとした時だった。

「いらっしゃいませ」

と、丁重《ていちょう》な挨拶をしながら、一見して支配人格の男が私の前に立ったのだ。そうしてそれからはもう、私のそばを金輪際《こんりんざい》離れまいとしているのである。つまり私は、今まで見掛けない顔ではあるが、岩崎家の自動車で送り込まれた、おろそかには扱えぬ客にされてしまったのだ。私が、どんな風に狼狽逆上してしまったか、それは読者の勝手なご想像にまかせる。岩崎家の運転手さんも、三越の横で私を車に乗せた時から、こんな手の混んだ残酷《ざんこく》な芝居を打って私を窮地に落し入れるつもりはなかったのだろうと思う。車を走らせ、銀座近くに来てフッと思いついた、悪戯だったかも知れぬが、それにしても罪なことをしたものだ。私はたまりかねて、三階だったか四階だったかの手洗所にとび込んだ。流石に便所まではついて来なかった支配人の隙をうかがって逃げだしたのだ。

ところでここまでお読み下さった読者の中に、思わずプッと噴き出す方々があるだろうと思う。何を馬鹿な、岩崎の車だろうがロールス・ロイスだろうが、たかが床屋の小伜の風態を見破れない様なのろまでデパートの支配人が勤まるか……と仰言る声が筆者の耳に聞こえるような気がする。けれども、それはその点だけはツジツマが合ったのである。と言うのは、当時の私は、それはもうおそろしいほどの洒落者《しゃれ》だったからだ。友だちの洋服屋と共謀して、英国から直接服地を取り寄せ、それを一流の服屋に仕立てさせるくらいは朝めし前だった。靴は少ない時でも五六足は持ち、日本製のネクタイ、靴下などいっさい用いたことはなかった。リンカン・ベネットとかノックス、ステットソンといった一流品の帽子をかぶり、巷の流行には何時も反逆《はんぎゃく》した。つまりラッパズボンが流行れば態《わざ》と細いズボンをはき、ダブル服が街にはんらんすれば小さな襟の十八世紀型の三ツ釦を造った。松屋の支配人と言えど、その時の私の服装からは床屋の小伜とは見破れなかった筈である。そんなお洒落だったからこそ、デパートと客筋との多少の知識もあったからこそ、かえって周章狼狽、冷汗三斗のおもいをなめたのである。岩崎家の親るい扱いされたからには、現金払ってケチな買い物も出来ず、といって帳面で岩崎家が買いもしない品を、切通し本家へ配達させるほど、こちらもスレてはいなかったのである。

話は前に戻るが、私はロールス・ロイス一台残して日本中のほとんどの車へ乗ってしまった頃、こんどは、一度でいいから自動車で二重橋を渡ってみたいものだと考えた。そしてこれも難なく実行した。

その頃三田の聖坂（私の店の前の坂）上に日工自動車というハイヤーがあって、私は其処の主人や運転手達と親しくしていたが、その年の大晦日近いある晩のこと銭湯の中で運転手達のこぼし話を聞いていた。それは元旦の年賀に牧野侍従を乗せて宮城をはじめ各宮家を廻る役が我々（運転手たち）にお鉢がまわるか、主人がやって呉れるかという小田原評議だった。話の様子では、牧野家の御用を勤めることは殆ど一日掛りで、チップは一回分、他所のお客を乗せれば同じ時間にすくなくとも六七回分のチップが稼げるという損得《そんとく》の問題で、そばにいる助手君も宮城行きを逃げたい口振りだった。私はそこへつけこんで、日工自動車の主人をくどいたのである。

元日の朝、私は牧野侍従を乗せた自動車の助手として二重橋を渡り、たしか東御車寄せという所で、生れてはじめて三四尺の近くから齢老いた東郷元帥を見た。元帥はその時鳩杖をついていたように憶えている。

私は根がお喋舌《しゃべ》りで、たいていの話は隠して置けずに友達に話していたが、この話はつい最近まで人に喋舌らなかった。それは助手台にまで乗って二重橋を渡った貧乏人根性の後味が、日が経ち年が経つにつれて何んというか、一種の自己嫌悪の気持として後々まで残ったからである。この間本誌（小説公園）の編輯者にちょっと喋舌ったことから、こんな話を書く始末になってしまった。

九合五勺の酒

一

昭和十八年十一月十八日は徳田秋声が死んだ日である。徳田秋声先生が逝去された日——と、いまは書くべきかも知れないが、私はその日の実感を正直にそのまま書いたつもりなのだ、島崎藤村の場合は「嗚呼、藤村先生も遂に逝《な》くなられたか」といった思いで、その先生という言葉に私流な距離感が籠められていた。令息の島崎翁助氏をよく識っている私としては、むしろ逆な身近かな息苦しさで、却って何んのつながりもない徳田秋声の死に、より激しい衝撃を享けたのであった。

私は秋声先生の死を自家の朝日新聞で知ったが、その時「美樹君はどうしているだろう？」と、真ッ先にそのことが頭に泛んだ。そして新聞を読み了ると台所に起ち水道の蛇口から直かに、ガブガブ水を呑んだ。それから近所の知合いを四五軒歩いて、「朝日」でない他の新聞を借りられるだけ借りてきた。先生の死を悼む、文壇の人達の談話を読むためだった。読みながら、また「美樹君が来る、きっと来る」と思った。

私は書棚のあっちこっちに散らばっている先生の著書を集め、それを書棚のひとつところに揃えて並べた。なんのためにそんなことをするのか、自分でも判らなかったが、丁度その時、友達に貸したままになっていた「仮装人物」が一冊だけ歯の抜けたように欠けているのに気づいた。するとその「仮想人物」が、いますぐにも読まなければならないものの様に思われはじめた。

と其処へ、松本美樹君が這入ってきた。普段でもあまり血色のよくない彼の顔が、いっそう蒼黒く見え、無意味な微笑をうかべて坐った。私は美樹君に

「先生死んじゃったね」と言った。

「……お酒を少し、何んとかして呉れませんか。あんたの顔で一升でも二升でもいいんですが」

いきなりそう、美樹君が言った。お酒ねえ、要るんだろうなア、だけども丁度運の悪い時なんだ、安請合いして駄目だったらわるいから、そりあ、いっしょうけんめいに捜してはみますが、当てにされては困る、という意味のことを私は繰返して言った。

「そう言わないで、何んとかして下さいよ、あんたのところが最後の頼みの綱なんです。徳田家でもぜんぜん足りないのです。徳田秋声のお通夜だっていうのに酒が無いなんて、バカな世の中だ、糞ッ」

美樹君は、吐き棄てるようにそう言った。私が美樹君を知ったのは、秋声先生の逝くなる半年前からだった。美樹君もやはり横光門下の一人で「家の光」社の編輯者だったが、秋声先生のところへも足繁く出入りして、先生や一穂氏の噂話をよく聞かされていた。先生が東大に入院され、最近は思わしくない容態が続き、近く自宅に帰るかも知れないとも聞いていた。

先生が入院して間もない頃、ある時見舞の帰りに立寄った美樹君から、私はこんな話を聞いた。

「きょう病院へニワトリを一羽届けて来たんですが、それがねえ、先生が鶏肉を食べたいと言うから、五日も六日もかかって、あっちこっち跳び廻って、やっと手に入れて届けたんですが、どうです僕の提げている鶏を、しかも横眼で眺めながら『鮪のサシミで、熱い御飯が食べたいね』って言うんです。むろん僕を揶揄って、わざとそんな風に絡んでる訳なんですが、こっちはがっかりしちゃってね……」

それほどがっかりもしてない美樹君の顔を眺めながら、私はそういう一種の自慢話の出来る彼の立場を羨しく思った。

酒の手蔓といえば、私には家の近くにある国民酒場よりなかったが、その国民酒場にもこのところ酒の気が絶えていた。ビールや例のすっぱい葡萄酒の配給が停って、ずっと休業状態が続いていた。私は国民酒場の主人とも昵懇な間柄だし、整理員と称して行列の周囲をウロウロし、売留め閉店の後で窃かに大量のビールや葡萄酒を飲んで帰る街の兄イさん達にも、幾人か顔馴染がいるので、酒がありさえすれば何んとかなる。下手な要領なんか使わずに正直に、徳田秋声という小説家のお通夜酒がほしいのだ、そのお通夜には菊池寛や吉川英治や吉屋信子といった人達が多勢来るが、こんな御時世なので徳田家には一滴の酒もない、菊池寛や吉川英治だって酒ばかりは何んともしようがない、是非兄イさんの顔で無理を利かして貰いたい――といった風に頼み込めば、ビールの十本や二十本都合して貰える筈だった。けれども半月ちかくも配給のない今日、無い袖は振りようがなかった。私はその間の事情を美樹君によく説明してしかし出来るだけ骨折ってみようと約束した。

「この間、先生が退院する日に僕は病院へお手伝いに行ったんですが、その時ベッドから担送車まで、一穂さんが肩を抱え、僕は脚の方に廻って先生の軀を運びましたが、はずみで先生の着物の裾がまくれちゃってね、ほんの瞬間でしたが、僕は先生の股間のものを見てしまいました。そうして思わず、何んと言いますか、とても感動したんです。先生はこれで、あの大小説を、みんなこれで書いて来られた……そう思いましてね」

一時間ばかり坐りこんでいた美樹君は、そんな思い出話をして、これからまた徳田家へ行くのだと言って帰った。

二

酒のことで頭がいっぱいだった。たとい酒の一升でもビールの五六本でも手に入れて、私は美樹君を喜ばしてやり度かった。いや美樹君が喜ぶだけではない、先生のお通夜酒を、間接にしろ自分の手でととのえられたら、私だってうれしいに違いなかった。こんな時常識的に思いつくのは軍関係であるが、生憎と私にはその方面の知合いがなかった。ところがその軍関係から不意に思いついたのは、私の家の露路の奥に屋敷のあるT家だった。T氏ならひょっとすると、酒の一升くらい笑って都合してくれるかも知れない。

「なにしろ相手は企劃院総裁だからなア。それに何時だったかもお酒のある時には遠慮なく飲みに来給えと言っていた。まったく灯台下暗しだったよ」

と、思わず知らずそんな独り言を口走っていたほど、その不意に閃いた思いつきに私は有頂天になってしまった。そうして、いきなり、突っかけ下駄で外に跳び出すと、胸をわくわくさせながら、夢中でT氏の屋敷に向かって駆け出していた。

けれども間もなく、私はT氏が不在だと知った。門をくぐろうとするところで、出合い頭に女中さんに会ったからである。

「旦那様は唯今お役所です。それに先程お電話がありまして、今夜はお帰りになるか企劃院にお泊りになるか、いまのところ分らないと仰言られてました」

競《きお》いこんだ、だからいっそうしょげこんだ私の様子を見て、わけもなく顔を曇らせたその若い女中さんが、「奥様ならいらっしゃいますが、お取次ぎいたしましょうか？」と言って呉れたが、私はちょっとの間逡巡したのち、奥さんにまで会うのは思いとどまった、不躾な虫のいい酒の無心など、男同志でなければ解って貰えぬような心持がしたからであった。

T氏は私が床屋だった頃の古いお得意様だった。そうして私達一家の恩人でもあった。お客筋と床屋の主人といった間柄を越えて、T氏は私に特別な厚意をよせて呉れ、床屋を廃業した後もなにかと面倒をみて呉れていた。私の弟妹達が商工省や特許局にそれぞれ勤められたのも、みんなT氏の口利きからであった。

私は若い女中さんと何んとなく肩を並べて歩く恰好になり、つい口から出まかせに「防護団のことで、ちょっと、旦那様に話があったのです」と言った。すると女中さんはどういう意味か「厭ですわねえ」と言って眉を顰めた。

その頃私は、町内の隣組の防火群長をしていたのである。街の高台の一劃を占めている私達の隣組は、T氏をはじめ、工場主や会社の重役、それから病院長といった人達の宏荘な邸宅ばかりでその日暮しの貧乏家は私の家たった一軒きりだった。そして私の家を境にして、商店街に続いていた。私達の隣組は、その商店街の人達からとかく妙な眼で見られがちだったのである。家屋敷の坪数に較べて火ハタキ、水槽の数が寡《すくな》い、防火面積に対して防火人員が比例せぬといった苦情や非難が絶えず私達に向けられ、防護団への寄附割当額だけがそのつど嵩んだ。まだその時分は都心に空襲はなかったけれども、昼となく夜となくやって来る、あの不気味なB29一機二機の跳梁にまかせていた頃だったし、商店街の防護団員は殺気立ってもいたが、私達は眼の敵にされ通しだった。が、そういう不利な立場、非難の矢面に立ちながら、私は精いっぱい根かぎりなおもいで群長を勤めた。すくなくとも自分達の隣組には忠実な群長であった。昼間はともかく、夜中の一時二時の警報に駆り出されるのは多く使用人達、女中さんや庭番のじいさん達だったからである。私の相手だったからである。私は成可くそれらの人達に、楽に働いて貰いたかった。火ハタキや鳶口を持って寒夜の星空を仰ぐ姿を、私自身ひとごとでなしにいじらしく思われたからである。三度に一度は防護団からの伝令を自分の手で握り潰し、虚偽の報告をした。深夜抜打ち的に来る人員点呼、それに火ハタキ、砂嚢などの点検といったたぐいの、それは私なりの臨機な処置であった。女中さんやじいやさんを起さずに、私ひとり暗闇に立って架空の人員点呼をし、自分で本部へ伝令に疾走するのである。尤も血気な防護団員と同様、私にも多少のお祭気分が無かったとは言えない。

半月くらい前だったか、ある朝T氏が自動車を停めると私の家を覗いて

「いますか？」

と声を掛けたことがあって、私が出て行くと
「いろいろお世話になると言って、家の女中達が君には非常に感謝している。僕がつい忙しいものだからゆっくり話も出来ないが、酒ならある、飲みたい時には来て呉れ給え。僕が留守でもかまわぬ」と言った。

私はT氏の厚意には感謝したが、飲みたい時には来給えというあたりが、やはり我々とは別世界に住む人だと思い、その時いささか不満だった。

自慢だらだらと前述の如き群長談を並べたのも、実は要するに、この三四行のT氏の言葉の裏づけがしたいばかりの魂胆だったのである。酒ならば貰いにいける権利があるように錯覚して、思わずT氏邸に走ったのだけれども、考えてみると私自身飲む酒ではなく、他人に都合する酒だという点で、私は次第に弱気になっていった。そしてなんだか照れくさくもあった。

ところがその晩、思いがけない情報を耳にしたのである。それは例の未成年者を除く一人一合ずつの家庭配給酒が、既に酒屋に配置されているらしいという情報だった。すなわち私は欣喜雀躍したのであった。

私は、比較的美樹君に好意的である家内に、徳田家の苦衷を話し自分達の分はむろんのこと、隣組のどことどこが配給酒など問題にしないか、たやすく配給権を譲渡して呉れそ

うなところは誰さんの家か、尋ねてみたのであるが、家内は酒に限らずその様な事情には暗いと言った。

「譲って下さるかどうか、伺ってみないことには分らないけど、幾分でも可能性のありそうに思えるのはTさんのお屋敷と、それから御主人がお酒を召上らぬKさん、その二軒くらいのものでしょう」

「ではその二軒に、明日交渉してみて呉れ、Tさんの奥さんなら秋声先生を知っているだろうし、Kの婆さんには俺が飲むんだ、酒と聞いて眼の色変えているんだ、あさましいお話ではあるが病人だと思ってお譲りねがいたい、かなんか言ってみろよ」

夫婦はそのため、慣例の夜中の警報時までひそひそと語り合う始末だったのである。そして私は、万事家内に一任したつもりで、明方の三時近くやっと巻ゲートルのまま防空頭巾だけ脱いで寝床に這入った。

三

「ゆんべ話した通りに、伊勢久に話してみろよ、何んて云うか」

「え？　何を話すの、伊勢久さんに」

やっぱり、家内は寝呆けていたのか。私は前夜、というより今朝方急に気が変って、隣組の人達から配給権を譲って貰う前に、伊勢久に相談してみたらどうか、配給のある度びに伊勢久に限らず酒屋には、相当量の余剰酒があって、闇に流していると聞いていたからであったが、私はまだ一度もそうした恩恵に浴していなかった。伊勢久とは二十年来の馴染である。今まで無理を頼まなかったのだから、こんな特別の場合なんだ、一度くらい俺の顔を立てて呉れてもいい、――そう思いつくと矢も楯もなく、眠っている家内を揺すぶった。話して置かないと私は眠れないような気がした。家内は、ハイ、ハイ、伊勢久さん、ハイと確かに云った。

そんな訳で、私は起き抜けに家内を伊勢久にやったのであるが、それが美事に断わられた。

「剰るどころか、配給のたんびに足を出すというのよ。さいわいに、この区域には大きな屋敷があって、配給なんか当てにしない家があるから、どうやら追ッついていると云うのよ。御主人がいなくておかみさんだったんですけど、えらい剣幕なのよ。お酒を取らない家があるって、ほんとかしら?」と家内も疑ぐる風だった。

「バカを云ってやがる。たとい不自由していないにしろ、いま時配給物をただ見送る家なんてあるものか。安い金で取れる配給酒だ、米に代える家だってあろうし、進物にしたっていい。だいち自分達が飲まなくたって、書生やじいやの飲み代に取る屋敷だってあるだろう」

おかみさんだから駄目だったが、伊勢久なら話が分るだろうと私は高を括った。事情を話して、伊勢久の言い分だけ金を払おう、そうしてその代金を徳田さんから貰えばいい、美樹君から頼まれてはいるが、私が酒を徳田家へ贈る理由はなかった。却っておかしい、単に先生の小説の愛読者にすぎない自分が、身銭を切ってまでお通夜酒を持ちこむのは、礼を失した行過ぎのように思われ、出過ぎた真似はしない方がいい——と自分で自分に云い聞かせた。そうして家に落ちついていられず、幾度か伊勢久の前をゆきして、店の中を覗いてみたが、帳場にも硝子戸越しの座敷にも主人の姿は見えず、やがてやっとのこと捕えた伊勢久に、やはり酒なんかあるものかと断わられた。

「剰った酒とは、どういう理屈かね。酒が剰ると思ってるのかね、あんた」

と伊勢久は偉丈高になった。

「いいえ、その、もし万一、といった意味なんで……」

顔を立てるどころか、男を台無しにして帰ったのである。

一人一合の配給を貰った。家内と二人分のそれが、台所の隅に手つかずにあるという強気だけで、私は一升壜を風呂敷に包むと、昨夜家内と相談した通り、Tさんの家をはじめ次々と酒貰いに隣組を歩いた。親戚に不幸があって——と、最初は嘘をつくつもりだったが、いざ相手の顔を見ると徳田先生のお通夜に欲しいのだと正直に喋舌っていた。そしてその方が話の筋がよく通った。中には私にお悔みを云う奥さんもあった。十三軒の隣組を歩いて、やっとのこと六合の酒を貰うことが出来た。

「もうちょっと早く来て下されば、三人分あったのですけれど……」

と言って、一合分けて呉れる家もあった。いざとなると気後れがして、一升壜を持ち出したのが夕方近くなってしまったからであった。奥様がお留守ですので、後ほど御返事に上ります――という女中さんもあった。私は自分達の分を加えた八合の酒壜を、幾度も幾度も台所に起って眺めた。そしてその一升壜の中の八合という量にその度びにひっかかった。妙な焦りをさえ覚えた。一升壜の肩口から上へ、次第につぼまった栓までの間の、僅かな空間を保った一升の量、酒呑だけが識っている豊かな劃線を、その足りない部分を眼で計っていた。

と其処へ声がして台所の戸が開くと、F家のじいやさんの顔が覗いた。

「屋敷のお春さんの話で、何か不幸があったとかで、酒が御入用と聞きましたもんで持って伺いました、これぽっちでお役に立つかどうか分りませんが。……それに、つい今し方聞いたばかりだもんで、実はその、ちょっぴり手をつけちまって……」

「………」

私は満足な口が利けなかった。礼らしい礼も言えず頭ばかりさげている隙に、じいやさんはビール壜を簀の子の上に置くと帰って行った。お春さんというのは先刻「奥様がお留守ですので」といった女中さんである。奥が帰らないので待ちきれないで、私の話をじいやさんにしたのかも知れなかった。

じいやさんは酒が弱かった。いや、配給になる前は一滴もいけない口だったが、意地の汚いもので配給になってから少しずつ飲むようになったと云い、「五勺もはいると、こんなです」と、赧い顔をしていたのを私は知っていた。躰が温まって寒さを忘れますと、深夜の警報の時漏していたのも聞いた。酒はやはり、F家で一緒に働いているばあやさんと二人分を届けて呉れたのだった。一合五勺ほど入っている、そのビール壜を見ているうちに、私は次第に何んとも云えない寂しい気持に沈んでいった。徳田秋声のお通夜に酒がないなんて——と吐き出すように云った美樹君の言葉が、またフッと思い出されたけれども、その時の義憤や昂奮はもうすっかり冷めてしまい、私は暫く簀の子の前に蹲っていた。いい気なものだ、と思い、自分が自分で厭になった。あんな年寄の酒まで奪りあげてまで、徳田家に義理する理由が見つからなくなった。

そうしてその時もし、すぐ隣家のYさんの家から、四合壜に半分ほど手のついたウイスキーが届けられなかったら私はじいやさんの酒ばかりではなく、あとの六合分も貰った屋敷をいちいち廻って返しに走っていたに違いなかった。

四

私はYさんに貰ったウイスキーを、コップに半分ほど注いで飲んだ。それから壜を透して、また少し飲んだ。およそ一合だけ、じいやさんに残すと、それを家内に届けさした。

で、気持が幾分か軽くなった。

隣組の八合に、じいやさんの分を足すと、九合五勺ほどの酒になった。あと五勺で一升になる。一升壜の肩口のその不足量もウイスキーの酔いの廻るにつれて、さのみ気にもならなくなり、新しい風呂敷に包んだ一升壜を提げるとすっかり暗くなった外に出た。

「酒呑だったら、この一升壜を手にした途端に、五勺の不足量は分るに違いない。まさか家庭配給の一合二合を集めた酒だとは思うまいから、気がついて、誰かが妙な顔をするかも知れないが、かまうもんか……」

そんな独り言を呟き乍ら、しかし一方では美樹君の喜ぶ顔がしきりと泛んでならなかった。

帝大前で都電を降りると、およそ教えられた露路を曲り曲り歩いた。そして徳田家の門前に出た。けれども私はすぐに門を這入れず、暫く塀の蔭に立っていた。頭の上で竹の葉のそよぐ音がした。それから思いきって台所口に廻ると、声を掛けた。

「今晩は、………」

女のひとが出て来た。手に大根と包丁を持ち、腕まくりしていた。林芙美子氏だった。

「何か御用？」

「はい、松本美樹君いますでしょうか。いえ、いなくてもいいんです、これ松本君に頼まれた酒です、上げます――さようなら」

林芙美子氏が何か云ったようだったが、耳に這入らなかった。私は逃げるように外へ飛び出していた。早足に、もと来た道を歩いていた。

うしろから、人の駆けて来る足音がした。

「石川さん、石川桂郎さん」

呼ばれて立停った私に、その人が追いつくと、息を切らすように急きこんで言った。

「石川さんですか?」

「はい」

「あ、僕、徳田一穂です。間に合ってよかった。お酒ありがとう、松本君からちょっと聞いていましたが、真逆とおもいました。ほんとに有難う」

「いえ、少しですいません。駄目だったんです、もっとあればよかったんですが……」

「とんでもない、助かりました。ちょっと戻って下さい」

「壜ですか? 壜なら美樹さんに渡して下さい」

真ッ暗な道で、徳田さんの顔は見えなかったが、特徴のある声のひとだと思った。

「いや、親父にお線香をあげてやって下さい、喜びます」

「……私なんか、そんな、とんでもない」

けれども徳田さんは、私の腕を摑んでぐんぐん歩いた。

徳田さんが先に立って玄関を上り、二つ三つ座敷を抜ける間に、私は室生犀星、正宗白鳥、広津和郎、川端康成といった人達が、その他私の識らない人達の間に座っているのを見た。と云っても川端先生の他は、雑誌の口絵写真で知っているだけだった。部屋が暗いので、見間違った人があったかも知れない。

奥まった離れのような部屋の前で

「ここが、親父の書斎でした」と、徳田さんが言った。

先生の遺骸がいきなり見えた。私はどぎまぎした。納棺の済まされた後とばかり、訳もなく思い込んでいたからであったが、坐ると同時に膝がガクガクと震えだした。

お辞儀して、徳田さんが、手を伸べて先生の顔の白布を除いた。

私はすぐに座をすべった。先生の顔を長く見ているのは、何か生意気な気がした。けれどもその時の先生の顔は眼な裏に焼けついて、いつまでも残った。

私は先生の顔を見たすぐあとで、明りの下で、徳田さんの顔をはじめてよく見た。這入る時には夢中で気がつかなかったが、徳田さんに送られて玄関に出ると、其処に受付の机が置かれていた。男の人が二人坐っていた。一人は町内の鳶といった感じの人、そしてもう一人は菊池寛氏だった。

「いまね、這入って来たのは、この露路を出たところのタバコ屋の御主人だ」

「へえ、そうかね」

そんな、鳶と菊池寛氏の話が、靴の紐を結んでいる私の耳にはいった、鳶の口振りから菊池先生をまるで知らない、自分と同じ受付仲間を相手にするぞんざいな、しかしじいんと親し気な調子が窺われた。

外に出ると、私は外套の襟を立てた。俄かに識ったような寒さだった。歩き乍ら不意に、ずっと以前に聴いた、栗田三蔵氏の話が泛んだ。

「私が初めて秋声先生のお宅へ原稿を戴きにあがった時でした。私は書斎の次ぎの間の、長火鉢の置いてある部屋で、先生の起きられるのを待っていました。昼近い時刻だったと思いますが、やがて先生が起きて廊下を通られた。洗面に行かれるのですが、驚いたことに、その時、寝巻姿の女性が二人、しかも二人ですよ、先生のあとから硝子越しに通るのを見ました。私の坐っている長火鉢の傍には一穂さんも桃子さんもいるのです。子供達のいる部屋の前を、おそらく前の晩その女達とざこ寝かなんかして、そんな時間に平気で廊下を通る徳田秋声を見て、私は何んとも云えない心持でいました。その時の二人がどういう質の女だったたか、ついに判らず終いでしたが……」

私は終戦後、二度ほど徳田一穂氏を訪ねた、そして、栗田さんの話の長火鉢を見、栗田さんの坐った部屋、硝子越しに秋声先生の通った廊下のある部屋に坐った。

五

翌年の夏、私に召集令が来た。すでに身近かな「鶴」の仲間では四月草、波郷の二人が召集されていて、いずれはお鉢が廻ってくるものと思っていたが、いざ実際の令状というやつを手にすると、どうにも内心の狼狽はかくせなかった。私は騎兵の第二補充兵だったが、隊は世田ケ谷の輜重兵隊になっている。入隊まで五日の余裕しかないので、はじめの二日を挨拶廻りに、あとの三日を自家に落付いて飲む日と定めた。私には親戚らしい親戚がないから、町内のつきあい、俳句以外の友人を二日に分けて家に来て貰い、最後の一日を「鶴」の仲間達と飲むことにした。

秋声先生のお通夜酒に不自由した頃に較べたら、すべてにずっと条件が悪い頃なので、満足な酒盛りなど出来まいと実は半ば諦めていたのであるが、さて自分のこととなると、案外に酒の集りそうな話があちこちからあったので、皮算用ながら三日間のスケジュウルを立てたのであった。自家に一番近い国民酒場の主人は、私の召集を知るとすぐにビールを二ダース届けて呉れたし、秋声先生のときにあれほど頑迷な態度に出た伊勢久のおやじさんも、黙って酒を二升置いていって呉れるといった次第だった。勤め先の衛生工業所や友人が引受けて呉れた酒で、それはもう充分とは云えぬまでも、どうやら三日間の酒宴が続けられそうな予定がついたのである。曲りなりにも親父の代から五十年、一つ町内に住んでいるお蔭で、これは私の顔というより死んだ親父の徳だったのだろう。そうしてその時私は考えた。不自由されたと言っても、それは徳田家相応の不自由であって、やはり相当な量の酒が秋声先生のお通夜に集ったに違いない。あの時の私の九合五勺の酒なんか、その五勺の不足量なんて誰も気付きもしないうちに、酒豪で通っている小説家の誰かが一人で飲んでしまったかも知れないと。

その晩、「鶴」の連衆の誰と誰が来て呉れたか、いまはっきりした記憶がないが、石塚友二、清水基吉、外川飼虎、小倉栄太郎、影島鏡芝、蒲生光義その他三四人の人達に、石塚さんが誘って呉れた横光先生、それから栗田三蔵、徳田一穂の両氏も来てくれた。波郷夫人は修大君をおぶってモンペ姿で、いやモンペ姿は四月草の細君だったか、ともかく狭い家はお客さんでいっぱいになった。

酒もどれくらいあったか忘れてしまったけれども、石塚さんに飲んで貰いたいために、ビールだけは前の二日間にも誰にも手をつけさせず、当夜は特製の大盥に井戸水を汲んで、それにいっぱいビールを冷やしたのだけははっきりと覚えている。

だけどもやっぱり、頭数からすれば些細な酒だったに違いない、というのは、蒲生君や基吉氏の酔って騒いで呉れた記憶がてんでないからである。そうして、横光先生ひとりひどく酔われ、気分が悪くなって、私のベッドにしばらく横になっていた。蚊がいるので、誰かが子供の幌蚊帳を先生にかぶせた。脚を縮めて海老折れた、その時の先生の寝姿がいまでも鮮やかに記憶にある。

ひと足先に帰る徳田さんを送って、私が家の外に出ると、待っていたように、いかにも懐しそうに徳田さんが言った。

「桂郎さんのお店はここだったの。実はこの店の前まで、毎晩のように自動車《くるま》で来たことがあって、その時よく死んだ親父も一緒のことがあった。……」

「Y君のところですか？　そうでしょう、Y君でしょう」と私は、思わず呟きこむように言ってしまった。

「そう、Yのところ。桂郎さんも彼女を識っていたの。じゃあ、あの頃友達になっていたら、このお店にも時々寄ったろうなア。それとも却って寄れなかったかな？」

と言って、徳田さんは何んだかおもいなし寂しそうに笑った。

Y君は赤坂フロリダのダンサーだった。まだ床屋の店をやっていた頃、私はY君の実兄Kと親しくしていたのである。慶応義塾の学生だったKは、妹とは別の矢張り私の店に近い下宿にいたが、この二人が兄妹だと知ったのはKとつきあいはじめて一二年後のことだった。Kも変った男だったがY君も兄にヒケをとらないおもしろいモダーンな娘さんだった。

Y君の踊り場に毎晩のように現れては、エゲツナイ踊りを強いる不良外人の帰りを待って、私はその野郎を殴るつもりが逆にノサれた事件、Y君やその仲間達の質屋の顧問役をつとめた話、二・二六事件当日、おぶい半纏とおぶい紐を持って、Y君の仲間のS嬢を背負いあのバリケードの中から無事救出した武勇伝など、私の青春時代の最後の出鱈目を、その時徳田さんに話そうとして急に口をふさいでしまった。徳田さんの寂しそうな笑い方が、私の無駄口の出鼻を封じたのか、それとも、私自身にも多少痛い傷口があっての、それが自虐の仮面じみた恥ずかしさだったたか、いまはそれも思い出せない昔話になってしまった。「九合五勺の酒」の話が妙なところにそれてしまったが、広いようで狭い世間の一例として幾らかつながりのある話だと思って蛇足してみた。

鷹

終戦の翌年の一月、私たちはこの鶴川村へ引越してきて、そうしてあの、まるでもうひどい遅配欠配の一年を送った。これはその頃の話である。私たちの家は、三方を田畑にかこまれ後に小高い雑木山を背負った、文字通り田んぼの中の一軒家であった。とびとびに見える周囲の家は残らずお百姓家なのであるが、当時は、それこそ宝の山に入り乍ら、米一合うどん粉一合土地の人達からは買えなかった。突然の転入で馴染はなく、それに、おいそれと気をゆるさぬ排他的な気風が、他所の例に漏れずこの土地にも根強かったからである。早春の頃、一週間もの遅配をくった時には、私はまる三日、田芹とたんぽぽのおしたしだけ、それをむりやりお茶で嚥《の》みこむ様な過し方をし、産後の肥立の思わしくない家内と五つになる子供のために、随分苦しい、というより何かもう一種のおかしさ、声にならない爆笑、とでも言い度い感じのおかしさがこみあげて、どうにも自制に苦しむといった状態であった。それでもはじめの一日は何糞と、平素持ちつけない鉈などを振上げてみたりしたけれども、眼まいがして起きていられないため、あとの二日は、ジッと音無しく横に臥《ふせ》って、「なんでもないよ、いっそ斯うなると空腹感じゃあない。唯ね涼しいんだよ、むやみと涼しい、頭ン中がね」そんなことを、時々覗きに来る家内に、私は口走っていたようである。かぼちゃと茄子の出盛りの頃には、かぼちゃと茄子ばかり、弁当箱にもそれを詰めて出て、正午になると日比谷公園やお濠の淵の芝生に坐っては、モソモソと半分ほど、そして窃《そ》っと、人眼に着かぬ処へ残りを捨てた。そんな時、お濠の水や公園の緑が眼に痛くて、私は潤んでくる眼をしばたたきしばたたき日蔭の道ばかり撰んで歩いた。

村の秋祭も過ぎ、悉皆《しっか》り稔り了えた田畑を眺め乍ら、来る日も来る日も里芋と水っぽい薩摩ばかりで過し、家内の乳の出のめっきり細ってくるのが、赤んぼうの上にもそれとはっきり識れる日がきて、狼狽のあまり私はうわずった声で、

「もう少しの辛抱だよ、いまに吃度よくなるよ、我慢我慢」

と、家内の肩をたたき、けれども、いまによくなる見透しも希望もてんで無く、正直言って、私は土地の人びとを怨み天を怨み、つい焼糞な気にもなった。

ある日、それは此の土地の遅いとりいれも済んで、俄に黒々とした土色の視野が展け、お

百姓家の庭先が見透しになって、真蒼な空には雲ひとつない、まことに爽快な一日であったが、同時に、我々一般人の食糧事情はその頃最悪を極めていたようである。昼頃、フッと家内が姿を消したままになった。何処へ行ったのか、置去りにされた私も子供も、変にお互に無口になって、気拙い長い時間をもてあましていた。と、其処へ、しょんぼりと家内が戻ってきた。両掌に一個ずつ鶏卵を持って、一合でもいいからお米がほしいと思ったのが、玉子になってしまったのだという様な、私たち夫婦の間でさえ難解な言葉を独り言に、聴てきぬかつぎに茹卵子という妙な取合せの昼食が始まったのである。一ツの玉子は子供に、一ツは夫婦が半分ずつ、私はその半端な買物の仕方を別段不思議ともしないで、大きな庖丁が、さもさも大事らしく一個の玉子を等分にする恰好を、半ば無意識に見入っていた。

その時である。不図いつにも聞き馴れない鳥の鳴き声を耳にして、私は身を反らす様に窓の外を仰ぎ見た。私はすぐに二つの、それは可成りの高度を緩やかな大まかな円を描きつつ旋回している鳥の姿を見、ふたたび鳴き声を聞いた。何んと言ったらいいか。聴く者の耳にまっ直ぐに落ちかかってくる「棒状」とでも表現したい、その鳴き声も奇異なものであったが、それよりも一層私を驚かしたのは、その瞬時の、名状し難い四囲の静寂さだった、鵙《もず》も雀も、それからつい今し方までその辺に鳴きさわいでいた様々な小禽共も、悉く鳴りをひそめ、私はもう唖者の世界に立たされるおもいであった。

二羽の鳥影は次第にその緩かな円のままに、降下しはじめたが、ある高さに来ると、その一つは降下を思いとどまり、一つの方だけぐんぐんと、しかし用心ぶかく、舞い降りて来た。胴体の割に少し大袈裟なくらい両の翼が長く、やがて私はくっきりと、あの白く鮮かな鷹羽形の斑をこの眼でとらえたように思った。私は何時の間にか庭に降り立っていたのである。鷹、そうして何んのために？　と私ははじめてその時になって、鷹の真下の地点に眼を遣り、其処にお百姓家の庭の隅、扉の閉った鶏小屋を前に一ト塊りかたまった、死んだように立竦んだ、数十羽のレグホンを見た。

私は息をころして、ジッとそれを見ていた。膝が小刻みに慄え、唇が乾き「やっつけろ、やっつけろ」と心の裡に叫んでいた。けれども間もなく、鷹の襲撃は失敗に了った。それと気付いて、棒を持ったお百姓が飛出して来たからである。

背後に、家内が立っていた。

「鷹ね」

「うん、二羽いるよ」

「親子かしら」

「……………。」

「夫婦？　ねえ。捕らしてやればいいのに、鶏の一羽くらい……」

鷹は、それからも暫く空のずっと高い処に、緩やかな同じ円を描きながら、静かに舞いとどまっていた。

赤柿村奇譚

　東京都を中心にその近在を示した、旧参謀本部二十万分の一地図をひらくと、都の南西、つぶさに申せば未《ひつじ》の方位に当って、都のはずれから約二〇センチの箇所に「赤柿村」という地名、甚だ心もとない活字によってではあるが、隠見できる。この地図では二センチが約一里に相当するから、つまり直線にして都心を離れることほぼ十里の里程になる訳である。小高い二つの丘陵に挟まれて、盆地というより谷戸地の形状にある、一見して鄙びた村落であることが知れる。

　この赤柿村にも終戦当時、九戸十三世帯の疎開者がいて、それはもう蜉蝣《かげろう》（糸の様にそそと瘠せほそった蜻蛉。生れて数時間にして死ぬといわれている）の羽音を聞くにも似て、ひそひそと影ばかりの様に暮していたが、近時、都内への転入緩和にともない、俄かに一戸減り二戸減り、蝸牛の転宅ではないが何時の間にやら家屋ぐるみフッと消え失せるなどがあって、現在では僅かに三世帯が残るのみ。即ち、指圧療法の保見未亡人、疎開先生こと詩人の由井耕平一家、それに山のじいさんと呼ばれている北脇伝二郎がそれであり、撰りに撰って村の厄介者ばかりが残った訳である。しかも皮肉なことには、この三世帯ともが土地の旧家である杉九作氏屋敷内および所有畑地内の居住者であった。指圧の保見未亡人は赤柿村カラス坂を北面に背負う崖下の畑地に、所謂急造の疎開家屋を建てて住み、北脇伝二郎は同じく村内唯一の高所である柿ノ木山の旧防空監視哨小屋跡に起居している。そうして疎開先生とその家族は、杉九作氏の屋敷続きにある鶏小屋に居を構えているのである。

終戦から足掛け五年になる、思えば早いものである。疎開先生のところの長男も当年五歳になった。杉九作氏宅の納屋で、藁と莚の中で出産した子供である。

昭和二十年五月二十六日の夕刻、つまり前夜にあの東京の厖大な区域にわたる空襲のあった翌日、ついぞ見馴れぬ男女が杉九作家の錠口に彳《た》つと、暫時右往左往した後、ついに思いきった態で一碗の水を乞うたのであった。恰度一ト汗かいて畑から戻った杉九作氏は、この男女を胡乱に思い、けれども不図おもい直してゆっくりと噴井のところまで歩くと水を汲み、その茶碗を二人の前にそっと突き出しながら、甚だ漠然とではあるが何やら不吉な予感を覚えた。そうしてその予感が、間もなく的中したのである。

女は臨月近しとみえる腹をして、それは精いっぱいに虔《つつ》しみぶかい表情ではあったけれども、そろそろ苦痛のためにゆがんだ顔を伏せ、額のあたりを殊更蒼白にしていたのである。女は二十五六歳、男の年齢は、これは一見何んとも想像し難い、三十代か四十代か、いっそ五十を越した人間なのか、実に奇怪な風貌の持主であった、——だから、なのかも知れない、菜ッ葉服の上下を着た男の後に立った女の、齢よりも地味な矢飛白のモンペ、そのむらさき色と、じっとり汗ばんだ様に夕闇に泛き出た妊婦を杉九作氏は、すこしたじろぐ形でいろっぽく感じたのである。

そして、殆んど無意識に男女の立っている処から見透しな、とっつきの座敷に駆け込んだ杉九作氏は、あの富山の薬売りが二年前無理強いに置いていった薬袋の前に走っていた。と、その薬袋と一緒のさび釘にさがっている「暦」に眼が停ったのである。言い忘れたが、赤柿村は文字通り東京近在のすぐれた柿の名産地であり、全村の主なる収入のかてであり、その柿にすこぶる因縁の深い、村中こぞっての日蓮宗信者村なのである。すなわち眼に停ったのは「日蓮御宝鑑」（暦）であったのである。杉九作氏は思わず固唾を嚥み手を伸べて、その五月二十六日の頁を繙いた。

五黄　　きのとひつじ　　赤口　　胃

の日とあり、やや焦り気味に、こんどは「胃」の条をめくった。

大悪日なり　万事この日を用うべからず　公事訟訴は争論のすえ負けとなる　云々
――

薬袋から血のみちに効くらしい一服を撰ぶと、男女のところに取ってかえし
「まず、これを服んだがよかべ」
と言った。女はそれを押し戴いて、白ッぽく乾いた唇にふくむと、やがて杉九作氏の予感どおり産気づいたのである。

折悪しく妻女は村の常会に出席して留守であった。で取敢ず、男女を納屋に案内し新しい莚など与えると、杉九作氏はいったん履きかけた草履をぽいぽいと棄て跣足《はだし》になって、指圧の保見未亡人を迎えに走った。赤柿村にも産婆は一人二人いるにはいたけれども、杉九作家からは何れも一里あまりの里程にあってしょせん産婦がいまの場に間に合わぬと察知したからである。

そうして、指圧未亡人がことさら落つき払って納屋に辿り着いた時刻には、すでに赤子の頭部が覗きかけてなにやらウプウプと吐き出していた。

その夜、杉九作氏夫妻は長い間とりとめもなく鳩首談合をなし、結極、この大厄日を無事にすごすためには、ひとまずあのえたいの知れぬ男女を、屋敷内に置くより他に方法がないとの意見の一致をみた。公事訴訟は論争の末負けとなる――つまり他人とのもんちゃくはこの際出来得る限り控えるべきであるとの夫婦の見解からであった。本篇の物語りに

あまり関係はないが、この時生れた男児は八日目に柿生（かきお）と命名された。昔、柿右衛門という有名な陶工があったくらいだから、赤柿村で誕生した記念にも、そう名付けて恥じることはあるまいと、横口を挟んだのは、納屋に赤子の泣き声を聞きつけて顔のぞかせた、北脇伝二郎氏であった。

赤柿村も当時のいずれの農村の例に洩れず、きわめて排他的因襲の土地柄であった。他国者をいつまで納屋に置くことは種々な点で拙い、それに何より「持てるものを持たず」とする訳には現物の俵物類が納屋の隅々にちらちらする以上、これはいかぬと思考したからだ。

そこで男女を、鶏小屋に移したのであった。つい一ト月ほど以前、軍の厳命によって鶏小屋のすべての鶏を徴発せられ、当分はその補充の見込がつかなかったからである。

由井耕平なる者がいったい何処の何者で、何をなりあいとする男であるか、杉九作氏夫妻に納得されぬまま、あの終戦の御詔勅が発せられ、極度の主食欠配を来し、鶏小屋の主人は、細君の乳の出がぱったり停るのを見て、周章狼狽、すなわち三日九食を絶して食を妻に譲り、終日うつらうつらと眠りとおした。

翌二十一年九月十二日に、この赤柿村の老郵便配達人が初めて、杉九作家の鶏小屋へ、一通の書留便を配達する事件があって、その時老配達人は鶏小屋へ来る迄に、一軒一軒くだんの書留便を村人に示して歩いた。なぜとなれば、その日は恰度日蓮上人竜ノ口法難の日に当り、夜半、ぼた餅供養をいとなむについて、老配達人は赤柿村蓮乗寺の住職から村民の出席勧告を依頼されていたからであり、一方封書のうわ書には「由井耕平先生」と明記されていたからである。当赤柿村に於て、先生と称される器量の仁は国民学校分校の二人の男女教員と、竹取八右衛門医師のほかには皆無だったからである。鶏小屋の主人はその日以来村人から、一種嘲笑の意をふくめて、疎開先生なる蔭の称号をかち得た次第であった。

「疎開先生てえ者は、いったい何《あに》を業として暮す男だべ?」

杉九作氏は村人の誰彼から斯様に質問を受け、その度びに、

「さアて、何やる者かとんと知んねえが、朝は、いんや、日毎昼ちかく眼覚めては日がないち日机さ向い、筆持ち、思案困憊の様子を見掛けるで、大方筆耕屋のごとき者《もん》であんめいか」と応えた。

しかし間もなく、村民税に関する申告書の記載欄によって、疎開先生の職業が文筆業のうちの詩人に属し、年齢は三十八歳と知れたのであった。三十八歳……あの男が? 何んたることであるか。長身も痩軀もいいとしてあの猫背、皺だらけの蒼黒い顔、ちか頃人の噂にきく、あんな者を栄養失調症と申すのだろうか。……

それに赤柿村の人々の概念による詩人とは、直ちに漢詩に通じ、霞を喰うて生きると謂

われるあの仙人にまで飛躍し、随分と不気味がられた。そうして疎開先生は事実、霞を喰って生きていたのである。元来由井耕平は詩壇に於て第四第五流の作家であって、その詩作による収入などまったく多寡の知れたものであったが、生得の弱気と無類の好人物性に対し憐憫を寄せる先輩友人のお蔭で、雑誌社などからも実力以上の待遇を享け、僅かに糊口をしのぎ得ていた。ジャガ芋、サツマのたぐいはおろか、朝昼晩と風呂吹（大根の白湯煮の味噌あえ）のみを主食とする、そんな日さえざらにあって、その歯ごたえは、まこと霞を喰うに似て、いっそ何やら涼し気であった。

杉九作氏は、この五年間、ジッと鶏小屋の主人の挙動を見守ってきたが、かくも甲斐性の無い人間の、当節この如何ばかりか世智辛い世に生存する不思議をおもい、ある種の義憤に自ずとじれじれする。由井耕平夫婦の生計のおぎないにも、人間生活の愉悦のためにもと、それはもう猫のひたいほどの畑地ではあったけれど、黙って貸与もし、燃料補給の落葉掻きも、村人の苦情の起きぬ地域をあんもく裡に指示するまでに、杉九作氏は親切を惜しまず世話やいたのだが、疎開先生は、鍬ひとつ鎌ひとつ手にすることが無かった。みんな鶏小屋の妻女がやるのである。たっぷり一里はある村役場まで配給の主食を背負いに行く、洗濯物、掃除、食事の仕度はまあ当然として、その合間には畑の世話やら草むしり、いやそれどころではない、配給から配給までのつなぎ米を借歩く、金銭を借歩く、まるで八面六臂のはたらきである。そうして着ているものと言えば、いまもって、杉九作家の錠口に初めて立った時の矢飛白のモンペ姿なのである。それにひきかえ鶏小屋の主人は、あのお産の日以来五年間、杉九作氏の眼にとまる一事も、人間として家長として為すべき責任を果さなかった。杉九作氏には第一印象からして、まったくの「ろくでなし」だったのである。自分の女房のお産だというに、うろうろと産婦の足もとを歩き廻るだけで盥の水いっぱい汲むでなく、鶏小屋の改造はいっせつ杉九作氏にまかせっきり、今日なお五年前の荒莚を部屋に敷き放したまま、畳一枚いれる算段もしない。ただフカフカと呼吸しているだけではないか。半年余も床ば（散髪屋）へ行かぬ髪をふり乱して、ぼんやりと机に寄りかかったまま日を暮す。そしてあの、一日隔きに訪れる老郵便配達人が、遠く畦道に姿を見せるときの、鶏小屋の男の俄かに殺気立つ眼——その癖、揉み手をせんばかりに老配達人を迎える姿態は、あれは一体何んたることでござろうか。それになんでも、うちの婆さまの話では、鶏小屋の男が、まるで鎌首をもたげるごとくに飛びつくごとくに受取るもんだいの「書留」ちゅうものは、月に一度来たり来なかったり……と言うことである。不甲斐ない亭主を持った鶏小屋の妻女は、あれは、よほど悪運の星の下に生れたおなごに違いない。相性をたがえた男女の結びつきがつくづく怖しいものに思われ、杉九作氏は今もなおシベリヤに捕虜生活をおくっている、一人息子につい想いが走る。何時還って呉れるか、元気な顔を見たら何よりも先ず嫁を持たせねばならない。二十二歳で門出の幟を立てて足掛け七年、息子は杉九作氏の二十歳の時の子であり、土地の風習からすればとんだ恥晒しな晩婚になる訳であるが、これとて戦争のお蔭でやむをえまい、ひとわたり赤柿村を眺め渡したばかりでも、倖い嫁のなりては有余る現状である。息子の嫁の相性には存分心致さねばなるまい……鶏小屋の夫婦がいいみせしめである。

日蓮宝鑑、日蓮宝鑑……。

さて、十月十二日お会式の当夜のことであった。杉九作氏は夕食前に勤経の座に着き、三宝礼（十方一切常住仏、十方一切常住法、十方一切常住僧と三度び礼拝）の後、十法に従って読経をはじめた。読しすすむにつれて心気麗朗、まこと御本尊三宝様の御来臨を眼のあたり仰ぐここちである。御灯明のロウソクも本年は蠟燭色に芽出度く白色であり、盆に盛られた柿はぞんぶんに満足な穂りぶりである。この秋の柿の収入《みいり》をチラと胸算用しかけて、杉九作氏はやや周章て気味に首をふり、一つ二つ空ラ咳した後「讃観」に入り、重々しく「回向」に移る。

「九年住み慣れた身延を出で給いし日蓮上人は、秋草咲きみだるる甲相の山野を、愛馬の背に越えて、武州玉川の畔千束の郷、池上右衛門太夫宗仲の館についた。講ずべき事を講じ、言い残すべき事を言い残し、定むべき一切を定め終り『臨終近きにあらん、大曼荼羅をかけ候え』御ン経は静かに唇から洩れた。長老日昭は御枕べに侍して、顫える手先で臨滅度の鐘を打ち鳴らす、哀音切々。時、弘安五年十月十三日。云々……」

杉九作氏が暗誦し、愛唱する日蓮上人御臨終の模様を描いた誰やらの記述である。お会式とは謂ばお通夜に類するもの、今宵赤柿村蓮乗寺に於ても徹宵その行事がある。杉九作氏は読経を了え食膳につくと、妻女を呼んで言った。

「こんばんは、ことのほか冷えるでねえかな」

御主人にしてみれば、今夜は特別な晩である、それに寒い……せめて焼酎くれえはとの、暗黙の意味であったが、妻女は静かに起って、タンスを鳴らし袷羽織を持参して戻った。杉九作氏はセルの上にそれを羽織ると、お灯明のロウソクを吹き消して戸外に出た。そうして月明りの畦づたいに、淋しげに蓮乗寺へ向ったのである。すると暫時して、丁度、高梨甚蔵所有の炭焼小屋のあたりで、杉九作氏は一人の男に出会った。お互に径を譲り合いながら
「お晩でごぜえ」

と声をかけ合ったのであるが、杉九作氏はその相手の声にまったく、聞憶えがなく勿論月明りでは相手の容貌も定かではなかった。

二時間ほど後、カーキ色作業衣様のものを着用した覆面の強盗が、杉九作家に押入ったのである。強盗は予定通り妻女を縛りあげ、猿轡を嚙ませ、代用剃刀様の兇器を擬して金品を物色しはじめた。

ところが折も折、庭続きの鶏小屋夫婦の家庭にも俄かな騒ぎがもちあがった。妻君が急激な胃けいれんを起して七転八倒する、亭主はただおろおろするばかりで、いっこうに埒が明かなかった。昼間、到来物の柿を妻君が食べすぎたのである。

「くすり、くすり……」

「薬？　薬は、どこにあるのですか。棚でしょうか、針箱でしょうか」

「杉、杉九作さん、杉九作さん」

「ああ、杉九作さんのところにあるのですか。解りました、今すぐ……」

夫婦の問答が終ると、鶏小屋の主人は莚に躓き乍ら外に飛び出た。彼は、この時よほど気が顚倒していたものの様である。鶏小屋から一番近い杉九作家の裏口の戸が、この夜更けに開けっ放しになっている不思議をいささかも不思議としないで、しかも一ト言の断りもなくいきなり座敷に駆け上った。鶏小屋の主人は嘗て、五年前産気づいた妻に恵まれて、印象強く脳裏に刻みこまれていた富山の薬袋の前へ、我知らず走り寄っていたのであった。せんき、頭痛、腹痛の特効薬が眼に着いた彼は、その小袋を懐中し、大袋と一緒に落ちた「暦」を二つもとの釘に掛けると、後も見ずに鶏小屋へ駆け戻った。杉九作家の妻女が荒縄で縛られ猿轡を嚙まされた姿を、つい眼と鼻の先にし乍ら、いや、まるでてんで見ていなかったし、強盗が、突然闖入して来たこの男に思わずぎょっとして、却って強盗自身立竦んでいる前を、平然と通り過ぎていたのであった。

「薬を持って来ましたよ。腹いたの、特効薬です」

「まあ、こんなに夜遅く……小母さまが起きて下さったの、それとも小父さま？」

言われてはじめて、鶏小屋の主人は愕然と色失った。如何に狼狽の果と言え、いま行われた事実、自分の行為は、まぎれもなく窃盗のしわざである。ガクガクと鳴るほどの膝をやっと踏まえて、鶏小屋の主人はふたたび杉九作家を訪れ、そうして其処に妻女のあられもない姿を見、やや暫くして縄目を解いたのである。感激のあまり声涙とともに抱きつかれた鶏小屋の主人は、軈てその妻女の智慧によって、北脇伝二郎の旧防空監視小屋へ駆けつけると、久しく鳴りをひそめていた蜘蛛の巣だらけの半鐘をめったやたらと乱打し、遠くそれを聞きつけた蓮乗寺の日蓮講講中の人達によって、賊はなんなく捕押えられたのであった。そして鶏小屋の妻君の胃けいれんは、これも時ならぬ半鐘の音に吃驚仰天すると一緒に、けろりと痛みがとまってしまった。杉九作氏夫婦は言うに及ばず、どうせ今宵は眠らないつもりの村人達が、よっぴて夜通し鶏小屋へ挨拶に出向いたのはむろんのことであって、その賑かさにいたっては、お会式が、あたかも蓮乗寺から鶏小屋に儀式を移したかの観を呈したほどであった。そうして、鶏小屋の夫婦はこの夜はじめて、人間が鶏小屋に住むことの恥ずかしさを芯底味《あじわ》ったのである。妻君はその羞恥の感覚を「軀中がぞくぞく寒いのに、顔だけが火照って燃えるみたい」だと言ったが、主人は、手足が妙に火照った。

翌日、杉九作家では赤飯を炊き煮〆を作って、それを定紋入りの重箱に詰めると御主人自ら鶏小屋を尋ねた。折悪しく先生も奥さんも留守だと識ると、やむをえず「ご免」と声を掛けて杉九作氏は小屋の内に這入った。例によって机代りの食卓の上にインキとペンと細かく桝形の罫を引いた洋紙が置かれてあって、それに何やら書き散らしてあった。「死」と、肩下りの悪筆で表題が記してあった。

空は
太初の深さに澄み
白き曳光に先、先立ちて
鶴の一羽
西の山嶺に没しぬ

杉九作氏は「縁起でもない」と思い、気分的に退屈して机の隅に重箱を置くと外へ出たのであるが、不図、四五十間むこうの葱畑のへりに孤り呆やり踞《かが》みこんでいる男の姿をみとめた。そしてどうやらそれが、鶏小屋の先生らしく思われたので、杉九作氏は、どの様な訳か自然に固くなる自分の表情を気にしつつ、その方へ近寄って行った。葱畑にはどうやら雄雌らしい二羽のカラスが降りていた。そしてやはり先生はそれを詩材にでもするのか、その思いつめた顔だちを見て、流石に詩人であると、杉九作氏は意識的に忍び足になったのであるが、先生はあらぬ方に、睡た気な視線をなげたまま、手もとの小石を拾ってはヒョイヒョイと、二羽の鳥のいる辺りとは反対の方向に投石している。やがて、杉九作氏の近づく気配を感じた先生は、まるで道化人形の起きあがるようにフラフラと腰をあげると、急に、さも恥ずかしそうに顔赧らめて口走った。

「どうも、昨晩は……お蔭さまで助かりました。お騒がせしまして、まことに」

自分が今言おうとしていた言葉を、そっくりそのまま言われてしまった杉九作氏は、四つ五つ続けさまにお叩頭をしていたのであった。

三十分して、何事にも他人《ひと》の意表に出ることの好きな指圧未亡人が鶏小屋を訪ずれ、どういう意味か
「お手柄、お手柄」

と、五年前に、この小屋で赤子をとりあげた時と同じ言葉を繰返した。

また三十分して、北脇伝二郎氏が顔を出し、煙草を三本先生の手に握らせると、自分ひとり頷き乍ら帰っていった。

私の俳句

暮から春へ

あまり寒く笑へば妻も笑ふなり

昭和二十二年だったと思う。山本健吉さんが招んで呉れて、生れて初めて出版社というものに勤めたが、そのN社も一年足らずで潰れてしまった。年の暮に迫って就職口はない、金はないで、家にぼんやりしていた頃の俳句だ。私の住んでいる鶴川村という処は平均して都心より五度寒いと言われているが、おまけに丸太ばかりで作った掘ッ立小屋である。後に或る高貴のお方を囲む俳句の座談会の席で、私は「雨戸を閉め、襖をしめてもなお、家の中を凩が吹きまくる」とそのお方に言って、怪訝な顔をおさせしたのも、けっして嘘や冗談ではない——そんな家構えなのだ。

夫婦で炬燵に対《む》きあっていたかも知れない。昼めし代りのサツマイモの残りを、コンロで焼き直し、番茶をすすり、口を利くのも億劫だった。そうして暖かいのは炬燵の中の手足だけ、顔も耳もぴりぴり痛い。寝ている二人の子供の白い息が、少し長いのと短いのと、掻巻の襟に並んで見えて、何だかとてもやりきれない気持だった。

「寒いわねえ」

「ああ……」

私は誰に向けるともなく腹が立ち、それからフッと、妙に可笑しさがこみあげてきて、そうして思わず大声で笑ってしまった。妻も誘われて「ウフフ」っと笑った。その時の私達の笑いには、まったく何んの意味もなかったけれども、私は「大丈夫だ、大丈夫だ」と心のうちで繰返し呟いていた。

ごうごうと風呂沸く降誕祭前夜

北海道から、俳句の友達である平石君夫妻が新婚旅行（と言っても、その時細君は可成り目立つお腹をしていたが）に上京し、一夜無理に東京の宿から、わが鶴川村へ連れて来て二人を一泊させた。貧乏してご馳走も出来ず、そ知らぬ顔で兎の肉を妊婦に食べさせた話は私の「剃刀日記」の〝歌蛙〟に書いた通りである。翌日この二人が、新婚旅行の記念に買って呉れた農家の出物の風呂桶、それを詠んだ句である。その風呂桶が台所つづきの土間にデンと坐るまでは、二タ駅先の新原町田まで一家揃って銭湯に通っていたのだ。早お昼を食べて、小牛を叱る恰好で子供達を先立たせ、銭湯の行列に並び、ぐったり疲れて戻るのは、早くて晩の六時前後だった。

そうした悩みが、友人夫妻のお蔭で解消した、明るいクリスマス前夜、松薪の脂瘤に火のついた音、昭和二十四年の作だ。

日本の厩のイエス子に描きて
降誕祭母の祈を父は知れど

これが俳句かと、我乍ら疑わざるを得ない稚拙なものであるが、しかしエス・キリストの話を絵に描いて私は子供達と遊び、一方、餅代や借金の払いなどの心配に、クリスマスどころではない妻の心を詠ったつもりだった。

ほと毛濃き農婦の初湯田を隔て

「馬酔木」の新年句会に私はこの句を投じた。眼をつむって、清水の舞台から、いや華厳の滝にでも飛び込むつもりで投じたのであった。初句会なので、その日二百人ちかい会員が集っていたが、私のこの「ほと毛」を選って呉れたのは、石田波郷と杉山岳陽の二人だけだった。普段が普段だからなア――やっぱり先生（水原秋桜子）には駄目だった、とガッカリしていると、最後の批評で、先生はこう仰言った。

「題材をこのようなキワドイところに求めながら、汚い感じ、いやらしい感じのないのはさすがだが、しかし、これを馬酔木誌上に発表した後の、われもわれもを懸念する……」

私は先生のお言葉をもっともとして、寡作で困っていた時であるが、誌上発表をご遠慮申上げた。

私の家は鶴川村の谷戸地にあり、田んぼの中にあって四囲はすべて見透しなのだが、三四枚の田を隔てた農家の翼家にしつらえた風呂場に、その時スックと立った農婦の裸体を見たのであった。平素はボロを纏い、日焼けというより泥田焼けのしみついた顔手足しか見ていない、だから格別気にもとめていなかったその若い細君が、実は、驚くべき色白な肌をした、圧倒的な体の持主だったのである。しかも一種すさまじいそのほと毛を見た時の、この句は私の歎声だった。私はソッと妻を呼ぶと、耳の近くで言った。

「どうだ、ザマアみろ……」

遠き田の春着の吾子ら駆けちがふ

どうやら少しばかり家計の落つきをみた年の元日の作――なんて遠廻しなセリフはやめよう。僅かだがふところに印税かなんか這入った時だ。

買ひ初めに買ふや七色唐辛子
水餅にするほどありし昔かな
餅腹の汚なさゆるせ二日酒

などは、また逆転した苦しい世帯の頃の俳句である。前二句は説明するまでもないが、「餅腹」の句は、友達の家に招かれて、珍しくお酒にありついた時に、フイに頭に泛んだものだ。家で餅を喰い戦前なら満腹のあとの酒なんか見向きもしなかっただろうに、出された酒にカブリついた。もちろんこれは、友達の知らぬ自分ひとりの思いをそっとないしょで詠ったものであったが。

いちじゅく

やっぱり貧乏性なのかも知れない。私は子供の時分から、果物をあまり美味いと思って食べたことがない。果物を食べる機会が少なかったから、果物の美味いまずいがよく分らないのかも知れない。よく食後の果物というが、子供の頃そんなものを食べさせられた記憶がないので、習慣で、食の方だけでお腹がいっぱいになってしまい、他家に招ばれた時などに食後の果物なんか出されても、それを特別美味いと思ったことはなかった。そして大人になった今日でも、そうした気持に変化はないようである。

洋食のテーブルで麦酒やウイスキーを飲みスープだ肉だ野菜だのあとで、甘ったるいメロンなんか出ても、私はとてもそいつに手を出す気にはなれない。せっかく美味しく食べた肉や野菜が、酒の後味が、台無しになるような感じだからである。果物にはビタミンCが多く含んでいて、栄養上食べるのだと聞いているので、そんなら食べた方がいいんだろうと思うが、皮をむくのが面倒だったり、不器用な手つきを見られるのがつらかったりでたいていの場合最後の果物皿だけ残してしまう。

一昨年の十月、杉山岳陽が結婚した。岳陽は最近、処女句集「晩婚」を出版した私の先輩であるが、句集の表題通りの四十歳ちかい初婚者であり、しかもその花嫁さんが生れてこの方、初めてのひとであったのである。

両親も亡く親類縁者もない花婿側の列席者として、橋渡しをつとめた牛山一庭人、それから石田波郷と私が眩しいような金屛風の前に坐らせられた。式場は埼玉県飯能町に歯科医を営む吉良蘇月邸、蘇月を加えてすべて、水原秋桜子門の俳人達である。二十《はたち》になる蘇月の長女敏子さんが神妙というより、いっそ深刻な表情で「高砂」を謡ったが、一年ほど前から同じ家の離れに同居していて、今宵俄かに紋付袴姿になった花婿の前では「高砂」など謡うのは甚だ奇妙なものであるらしい。時々噴飯しそうになる、苦し気な長女君の表情を見て私も傍でハラハラしたものである。

芽出度く式もすみ、お酒になり、やがて食後の果物が出た。葡萄と無花果である。私は何んとなく「無花果なんて、縁起でもない」と考えたが、花婿花嫁のほかに花なんて不要だというナゾかも知れぬ、と思い直して、葡萄が嫌いなのと、みんなが葡萄ばかり食べるので私は無花果を食べた。

「アレ、桂郎はイチジュクを皮ごと食べるのかい？」と花婿がいった。私は咄嗟に「皮のところにビタミンがあるんだ」と応えたけれども、実は、無花果の喰い方をてんで知らなかったのである。

おひらきになった。蘇月夫人が提灯にあかりを灯し、先にたって花婿達を離れに送った。その母屋から四五間しか離れていない、しかも月の明るい庭先での古風な行事に、私は思わずクッと胸がつまった。一ト株のススキの前で、その時不図花婿が立停ったので、提灯の明りも花嫁もそれに習った。明らかに花婿の照れている仕草と分ったので、私はここで何か一ト言それとない花向けの言葉を発すべきだと気がついたのではあるが、いい智慧が浮ばなかった。というのは、昼間紋服に改め下駄を履き、いざ離れを出ようとする花婿に、それまで新らしい箪笥に靠れ黙って膝を抱き、ひどく孤独な面指であったこの家の、蘇月の小学五年生になる次男の武憲君が、突如として

「岳さん、がんばれッ」

と叫んだ声が、フッと思い泛んだからであった。子供というものはウマいことを言うもんだ、いくら俳人だからって、この場合ススキの前に照れて立停るのはツキスギである。花向けの言葉は素直に口をついて出ないのは私の頭の悪いせいばかりとは限らぬ。

その晩、蘇月邸に泊った。それは初夜のふたりの、朝姿を見とどけようなどといった悪趣味からではなく、それぞれ電車に間に合わなかった個人的都合の結果である。私は夜中に二度眼を醒し、二度とも波郷の異常な寝息に、暫く眠りを妨げられた。片肺を失っている上に、思わず過ごした酒に乱れた苦しそうな呼吸を耳にしながら、きょうこの日を、いちばん腹の底から喜んでいるのは、波郷その人なのだとしみじみ思った。

早朝に眼を覚した私達は、何んとなく手持無沙汰なおもいで庭に降りた。と、ツカツカッと無花果の木の下に行った波郷が、笑みわれたその実をもぎはじめた。私も近寄ってそ

れをもいだ。

無花果もぐ吾より高枝の波郷の手

思わず口の中で呟いた一句である。病癒えて、いま、無花果にのべられた長身の波郷の手を見乍ら、私は感慨無量のおもいだったのである。

花《はな》衣《ごろも》

ちょうど校正が出ていたし、執筆者に会う約束の時間もあって、ひとり残った私が社を出たのはそろそろ九時ちかい頃だった。雪のあとの寒い晩で、腹が空いていた。それに相手の執筆者が、いたって酒癖のよくない男だし、指定の場所が新宿の焼酎ホールときている、空きッ腹のつきあいは禁物と考えた私は、その時、通り掛りに眼についた蕎麦屋へとびこむと「かけ」を注文し、それから卓子の夕刊を手に取った。

と其処へ、また一人客が這入って来て

「モリ、一つ下さい」と言った。

若い女の声だったのと、この寒空に「モリ」を喰う粋狂者は？　そんな気持で、思わず私は、その女の声の方に視線を向けたのであった。ドキッとする様な美人だった。そうして二度見、三度見しているうちに、私にはその女が、どうも初めて見る顔でない、何処かで会って、幾分誇張して言えば、それも通りいっぺんの会い方で識っている顔でない様な気が、次第に強くしてきた。二十六七になるか、濃い臙脂色の肩掛け、黒ラシャの半コートといった和服姿で、今時珍しくパーマ無しの一種のしっつめ髪である。いわゆる、アップというやつではないが、ちゃんとご自分の襟あしの美しさを識った髪の結い方で、それが色の白い面長な顔だちによく似合った。

そんな訳で、気になるので、つい盗み見する私に、彼女の方でも気付かぬ筈はなく、何となく視線が一二度会った。ありありと彼女の表情のうちにも、おや？　といった怪訝な眼ざしを認めると同時に、あの咄嗟につりこまれてする会釈がおくられたのである。

彼女が、モリ蕎麦をすする時間と、私がかけを喰う時間が丁度いっしょだったという偶然から、二人は連れ立って暗い戸外に出た。乗車駅も同じ八重洲口だった。

「しばらくでした」

「や、どうも……」

私も、そんな風に応えた。けれども、何処かで会った誰だったか、その時になっても私には思い出せなかった。そして次第に焦りながら、思わずこんな風に訊いたというより口走っていた。何か手掛りになるかも知れない。……

「貴女はずっと、やっぱりあの頃のお仕事ですか？」

「いいえ、あの会社はとうに潰れましたわ。そう、あの時と全然反対の仕事です——鉄屋さんなのよ、今は……」

全然反対な仕事。現在は鉄屋。固いものの反対、軟いもの——以前は軟いものを扱う会社？　私は自分で自分の尻を敲くおもいで、あれこれと記憶の糸をたどってみたけれども、やはりどうにも五里霧中だった。

駅の改札口に近づいた。ガランとしたその明るさで、私は何気なく彼女の足もとを見た。コートの裾から一尺くらい、黄八丈だ。いや今様黄八丈とでもいうか、ナイロン織りの新柄である。はて？　どこかで見憶えがあるぞ——そう思った途端に、彼女が言った。

「あのう、貴方は今でも俳句をおやりになりますの」

笑いを含んだ声だった。瞬間ではあるが意味あり気な、そして幾分か軽蔑したようなそんな微笑のし方も見逭さなかった。

「やってますよ」私は聊《いささ》か憮然として応えた。

間もなく二人は別れた。彼女は山手線、私は中央線だったからである。

電車はガラ空きだった。座席に坐ると、私はまた考えた。俺が俳句作るのを知っている、けれどもあの女が俳人でないのは確かだ。あの笑い方は、俳句又は俳人を莫迦にしたた調子のものだ。どうも、あの黄八丈がクサい、黄八丈、黄八丈——とその拍子に、私の頭にひょっこりと、彼女と会った時と場所が泛びあがった。

戦後、私は暫く失業していて、それはもう無我夢中で就職口を捜し歩き、友人知人の訪問に寧日なき有様だった。職安の行列にもならび、そんな訳で無駄とは知りながら、ツイ新聞の求人欄にも眼を注ぐ、といった具合だったが、ある朝、新聞を見ていて不図、繊維会社の求人広告に気がついたのであった。宣伝部員ヲ求ム経験アル努力家ヲ優遇、学歴不問、といった意味の広告文であったがその特に学歴不問の活字が、私には何よりも魅力であり、救いの神に見えた。宣伝屋の経験なんかむろんのこと無かったけれども、失職中の辛さ苦しさを考えれば、努力の方は根限りやってみる肚だ。えいッ当って砕けろとばかり、私は履歴書を書いて送った。すると不思議にも折返し、面会日の通知が舞いこんだのである。

当日、私は早朝に家を出ると小田急のT駅で切符を買い、ホームに立ち、何の気なしにそれがいつもの癖で、タバコの吸い殻を指で弾いた、ところがあの、柵に張った有刺鉄線のトゲの先へ、そのチビた煙草がものの美事に突きささったのである。私は何んだか幸先のいい様な暖かい気持になった。

銀座裏のビルの三階に、相手の繊維会社を尋ね当てると、十人ほどやはり求職の相棒らしき男の坐っている廊下の長椅子で、私は順番の来るのを待った。長い時間待たされたが、やがて自分の名を呼ばれたので、そっとドアを押して応接間らしい部屋に這入った。

面接にふさわしい型通りな椅子机の配置、やはり型に嵌った質問を、私はリーゼント髪の若い社員から受けた。少し離れた椅子には、どうやら中年の紳士が、薄眼の顎を反らしている。そうして其処で、黄八丈の美人を見たのであった。一見して彼女が社長秘書であるのが判った。若い社員の説明で、その会社が和洋服地の製造販売会社だということも判ったけれども、それにしても彼女の黄八丈姿は、私にとって奇異な、少しばかり強烈過ぎる印象をうけた。

一応質問が終った後で、リーゼント髪の社員が、背の後に貼ったポスターを指さして「このポスターの絵、お判りですか。いやこれは失礼、勿論お判りでしょうが、この絵に、もっとも適切な宣伝用語を、もっとも簡単な文章、字句と言っても宜しいのですが書き加えるとしたら、貴方はどういう宣伝文を用いますか?」

十分間（と言って、時計の腕をまくり）のうちに答えよと言った。数十種の繊維品、つまり布地が縦横、色とりどりに交錯した、それは構成派画家の作品らしい図案の原画だった。私は俄かに汗ばんできて、自分の躰の筋肉が吃りはじめた感じだった。そして小さな声で、私ならばこの様な俳句を標語にするであろうと言ってしまった。

花衣ぬぐやまつはる紐いろいろ　　久女

ポスターの絵が、私に女の解きすてた帯・腰紐を連想させたからであった。社長はあえて眼をつぶり、若い社員は、えっ？　といったいぶかしげな表情、そして黄八丈娘は、なんと思ったかプッと噴飯した。与えられた紙数も尽きたので、ここで詳細な説明を避けるが、四五日して不採用の通知を受けたのは言うまでもない。

新宿に着き、すでに泥酔し眼のすわった執筆者に会った。

「俺に、何を書けと言うんだ」

「花衣ぬぐやまつはる紐いろいろ――丁度花季の四月号ですから、杉田久女について、さくらの花の句の鑑賞、如何でしょう」

初夏四題

T先生は、何か鶴川村の話を書きなさいと仰言るが、このところ、一種の無風状態の連続で、なんにも面白い話の種がないのである。何んべん書いてみても駄目なので、思い切って、これら鶴川村で出来た私の俳句の自句自弁をやってみる。

この自句自弁の「弁」は弁解の弁、つまり、いいわけ、いいひらきの意味である。こんなに話しても解って貰えないかなあ――と、弱気な男が、上眼づかいに相手の顔を窺う状態を言うのである。

昼蛙どの畦のどこ曲らうか

生れて三十五年間、東京の真ン中から一歩も離れたことのない私は、この鶴川村へ引越して来て、初めて、蛙の声を聴いたのである。物見遊山の蛙ではない、日日の暮しのうち、生活の中に鳴いている蛙である。

この俳句ができた当時、私は長い失業生活を送っていた。

私の家から小田急の駅に出る道が二本ある。一本は村道の平坦な道で、雨や雪の日はここを通るより仕方がない。もう一つは、山を抜ける近道である。そうしてそのちか道を更に縮めるためには、畦を渡る手があった。

畦─右に左に勝手に、幾条も走っている畦の中に、私は何時か自分の家と駅の間、いや、勤め先と家を繋ぐ一条の畦を、ほとんど無意識のうちに創っていたのである。

けれども、その日は異った。山を越して、畦を渡ろうとして、私はふと妙な昏迷に落ちた。勤めていた頃の急がれるものが無かった。畦は、どこをどう曲ってもよかった。そうしてその時、まるで胸をしめつけられるような思いで「勤め途」という言葉を頭に泛べていた。遠く田んぼの向うに私の家を眺めながら、一つ二つ物憂げに鳴いている蛙の声を耳にしていた。

子に頒つ苺のひとつ妻の唇に

やはり前の句と同じ頃の作。ある日都心に出て、友だちの家を二三軒歩いた。お金を借りに歩いたのであるが、私の友達はみんな楽ではなかった。気を廻しすぎてそう感じたかも知れなかったが、とうとうお金のことを口に出せなかった。そうして、最後の家でお酒をご馳走になり、子供の土産にと言って苺を一ト箱貰ったのである。当時、一ト箱といえど、苺は貴重な品であった。私はそれを抱えるようにして家に飛んで帰ったのを憶えている。

翌あさ、変に早くから眼の覚めてしまった私は、子供達をひとりひとり起して廻った。お膳の脚を立て、子供達を坐らせると、三枚のお小皿を銘々の前に並べた。

「きちんと坐ったり坐ったり。さあ、父ちゃんの方を向いて、まっすぐに向くんだ、これは何かな？　何が出てくるかな。そもそもこの箱は天竺、いや唐から渡りました『魔法の箱』でありまして、これからお父ちゃんがエイッ！　と掛け声をかけると、君達の一番好きな食べものが出てくるという……」

長男がクスッと笑い、まん中の女の子が、真剣な、むしろ泣き出す一瞬前の硬い表情になり、赤ん坊を膝に抱いた妻は、何んか意味のない力ない笑いをうかべていた。私は勿体ぶった手つきで、おもむろに包装紙を解いた。大粒の苺が五つずつ、三列に並んで出てきた。

けれども子供達は、いっこうに驚く気配もなく、むしろ興覚めの顔つきである。

妻が私に加勢して言った。

「カヨちゃん、これ何んだか分る。苺っていうものよ、苺ってとても美味しいのよ。テッちゃんは憶えているでしょう？　戦争の頃、三田のお家で食べたでしょう？」

私は粒の大きさ順に、五つずつ子供達の皿へ頒けた。やっとお粥になったばかりの赤ん坊の皿に、赤ん坊にも、ビタミンCを摂らせるつもりで、潰した汁を飲ませてやろう。私は、赤ん坊の皿にと思って撮《つま》んだ苺をけれどもフイに、手を伸ばして妻の唇に持っていった。

はじめは怪訝な面もちで、しかし苺の美味さが解った子供達は夢中でそれを食べていた。その夢中さに見入っていた妻の唇が、放心したように開いた唇が、私の眼についたのである。不意に押しこめられた苺を、妻は噤みこむように眼をつむって食べた。

尺蠖《しゃくとり》虫《むし》尺とり失せて酒剰さず

私の家には、どことといって壁というものがない。三方が杉皮とトタン張りである。戸障子は隙間だらけであり、欄間に当る箇所と屋根の間は二寸も開けっ放しになっている。毛虫・蛾・青虫・蛙・百足・その他わけのわからぬ虫どもが、勝手気儘にわがもの顔に家の中を往還している。三四尺もある青大将が、押入れの中でとぐろを巻いていることもある。夜深しする私の机の上に、それこそ今さっき、ペンキ塗り立てといった青蛙が、ちょこなんと坐っているのも珍しいことではなかった。

ある時、私は家で酒を飲んでいた、昼酒である。頼まれて義理のある原稿が書けないで、無理に買わせた酒だったかも知れない。机の前に坐って、伽羅蕗《きゃらぶき》かなんかをさかなにやっていた筈だ。はじめは、ほんの少しだけ飲むつもりだった。お酒がはいると頭の廻転が円滑になるのは、私ひとりのことではないだろうが、その上に糞度胸がつく、一種棄鉢な気持になれて案外すらすらと筆の進む場合がある。壜の酒を半分に我慢して置いて、あとは寝酒のたのしみにするつもりが、どうもいい塩梅なパッションが起きてこない。そして次第に壜の酒に手がつく、焦々してくる。

その時、何処から迷いこんだか一匹の尺蠖が、机の端に這いのぼると、例の不様な恰好で歩きはじめた。拾うに似てさぐり、歩むに似て戻る、按摩の、杖だけが孤立して歩き廻る形である。

「一体どこへ行きなさるつもりかね、君は」

そんな風に尋ねたい感じである。見ているうちに、次第に愉しくなってきた。ひと事の思いではない、我身につまされてくる。朝から机に対ってすでに四五時間、未だ十行の文字も原稿紙に埋めていない私と、尺蠖のあゆみはそっくり同じではないか。文字を綴るということは、丁度尺蠖が鼻の先? で自分の往く先の一歩を探り当てるのと同様だ、一寸先は闇なのである、さぐり当ててはホッと一ト息衝く。私はペンを抛り出したまま、その一匹の尺蠖の彷徨のさまを凝視した。

やがて、尺蠖は机の向う側に消えたが、私はそれ以上、彼の行方を見とどける興味もなかった。そうして最後の一滴まで、いまは何の後悔もなく飲み乾していた。

訃 音 手 に た か ん な の 丈 夕 の 丈

友人の死を電報で受けた。私はその友人の死が、自殺であるのを識っていた。二度未遂に終ったことである、自殺者の常道なのである。一度のひとはそれっきり身ぶるいして生に執着する者が多いが、二度あることは三度ある、友人もそれに違いないと見た。私はすぐに友だちの家へ駆けつける気持にはなれなかった。その友だちには片親が残っていた、父親である。

電報を手に持っていた訳ではないが、私は幾度となく家を出てはその辺を歩いた。櫟林の続く丘を歩き、水田の畦を渡り、竹林の中に踏み入った。

昼が夕べになって、私は二度其処に生い出ている筍を見た。昼にみた筍の丈も夕べに見る筍の丈も、それほど眼に見えて異う筈はなかったが、死んだ友だちとの長い交りの矢継ぎ早な思い出の中で、筍の丈のちがいをはっきりと私は認めたのである。

夏の句

母の手を父がひく見て蛍追ふか

これは、三四年前に詠んだ、私の俳句である。表現が稚拙なため、俳句を読み馴れぬ読者には、何んのことやら意味が通じにくいかも知れぬが、つまり蛍がいて、作者とその妻がいて、それにもう一人子供のいる夏の夜の一風景句なのである。

私達はいま、都下南多摩郡の鶴川村に住んでいるが、鶴川という村は四季折々の風物・

眺望に富んだ、まことに結構な土地なのである。梅桃桜の季節、筍の季節、それに秋には全村がすべてこれ柿といったほど、小粒ではあるが甘く美事な柿がみのる。借地である私の家の庭にすら、一ト抱えもある柿の老樹が二本あって、手入れさえ充分なれば、ゆうに四五十貫の収穫があると噂されている。

夏になると、私は会う友だち会う友だちに、当鶴川村の蛙の自慢話をするが、それがひとわたりすむと、次には蛍の自慢話に移ることにしている。私達夫婦は二人とも東京の下町に生れ下町で育ったから、この水田あり丘陵あり、櫟・松・竹林のある田舎風景が珍らしく、疎開（といっても、焼け出され疎開）以来丸八年住んでいるが、飽きるどころかますます土地に愛著している始末だ。

ところで表記の俳句だが、子供が起きて眼が覚めていて、夫婦が一緒に外を歩いたりしたとすると、たぶん日曜日かなんかだったに違いない。そして私は、多少酒気をおびていたかも知れない。はっきりした記憶がないが、どうもこの句は多分に感傷的であり、いささか悪趣味なきらいがあるからである。私達のあとを追って来たのは、その頃六七歳になる長女だった。小学校四年生の長男は、ちらっと両親《ふたおや》の方を流し眼に見て、それから思いなしか、いくぶん怒った様な顔を漫画本に伏せた。

私達三人は、なんとなく田んぼ道を逍遥し、すこし退屈して、畦みちを渡ることにした。畦には処どころ落し水の溝が切ってある。私はそこで妻の手を取ったのかも知れない。昼間は恥ずかしくて、それに近所の（農家の）口がうるさくて、家内の手なんか握れたものではないが、夜道が私を大胆にした模様である。いやひょっとすると、優雅な弧線を描きすいすいと行き交う蛍火を見て、そのロマンチックな雰囲気に私は浮かれ気味だったのかも知れない。

その時畦の先をゆく長女が、不意に私達の方を振り向くと、誘蛾灯の明りの中で、父と母の慎まし気な秘めごとを盗み見たのである。そして彼女は身を翻えすように、俄に蛍を追いはじめたのである。

母親の方は無関心だった、素直に夫に手をとられていた。一瞬ではあったが、その時の女児の何んとも名伏し難い表情、眉も眼も口も瞬間バラバラに飛散した様な表情を、作者である父親だけが痛いほどの思いで意識したのであった。

煤《すす》が煤むすび長けたり茗荷汁

私は一昨年の暮、思いがけない金がはいって、現在住んでいる家を一万三千円で買った。一坪の価ではない、丸々一軒の価である。六畳に三畳、九尺の押入、それに台所と風呂桶を据えた土間、それだけの家であるが、家中に四角な柱の一本もない、丸太造りの掘ッ立小屋なのである。むしろ壁なんか一ト所も塗ってはいないベニヤ板と杉皮を張りめぐらしただけの、屋根も萱葺きの家である。

煮もの、炊きものいっさい炭や薪で用を足すのだから、家中がたちまち煤だらけになる。何時の間にやら屋根裏に下った数条の煤に、煤がむすびつき、尺余のそいつが風に揺れる。

私達親子は、そののんびりと游泳する煤の下で、わびし気に、はしりの茗荷汁をすする、といった、ただそれだけの句意である。

ねむの花

きょうは久しぶりに、静かに家に一人いて、それに五六日前、新宿のB酒亭の主人とそれからYさんという建築家が、遥々わが村を尋ねて呉れ、その時の酒の残りがいささかあるので、それを煉炭コンロで温め、チビリチビリ頂き乍ら、しかし、とりとめもない話を書くことにした。私の村から二つ先の駅に小田急線の新原町田駅があり、其処の繁華街の映画館で上演四時間という「風と共に去りぬ」が、この三日間特別興行されて、御近所の某家からその無料入場券を頂き、一家揃って出掛けた、私はいま留守番役なのである。

珍らしく暖かな晩で、初蛙から二十日目くらいの蛙が、すぐ窓下の田んぼで一つ二つ鳴いている。五月号か、五月号ね、よしッ、では五月頃の私の俳句について、何んか喋舌ってみようと、お膳の脚を立てペンを取り、お行儀よく坐ってみた。で、それにつけて思い出されるのは太宰治の死である。生前私はたった一度だけ太宰という人に会って、そのことを随筆にしたことがあるが、それは私が山本健吉氏の下で日産書房という出版屋に働いていた丁度その時分、太宰さんが入水自殺（実は相手の女のひとから引擦り込まれた、無理心中だったらしい）して、いや、したらしいという噂のさ中、京都の方の新聞社から健吉氏に長距離電話がかかり、是が非でも今夜中に、太宰氏に関する十枚ほどの思い出話を書き送れと云って来た。

　ところが健吉氏は、ツイに生前太宰氏に一度も会っていなかったらしく、何がなんでも書きようがないとその依頼を断った。するとまた二三時間して、同じ新聞社からの電話で、思い出話が駄目なら太宰の文学に就いてでもいい、久米正雄氏と林芙美子（だったと思う）さんから承諾を貰ったが、予定の欄に穴があく、どうしても書くようにと言って来た。受話機を片手にした健吉さんが、困り抜いた顔でその側にいた私を振り返ると

「桂郎、お前さん太宰を識らないか？　会ったことないかい」と言った。

「ウン、一度会っている。会ってはいるが……」

　すると健吉氏が急に明るい表情になって、それからニヤニヤして

「承知しました。しかし私でなくてもいいでしょう。ウマく書けるかどうか分らないが、とにかく明日の朝までに書かせます、承知しました。ハイハイ」

と、電話を切り、それから、少し作ったようなむずかしい表情をして

「桂郎書け。今夜、徹夜でも書きなさい。地方新聞だが、稿料は呉れる筈だ。思い切ってその太宰に会った日の話を書いてごらん。明日の朝、新聞社の東京支局から原稿取りに来るそうだ、もう断れないよ、だめだよ」

私はそう言う、冷酷無慈悲な編輯長の命令で、その晩、むこう鉢巻で、文字通り徹夜した。久米、林という健吉さんの受話機の言葉が終始念頭を離れず、油汗を流して、けれども、だからいっそヤケ糞になって、正直な話有りのままの話を書いた。そして眼をツムるおもいで、翌朝それを支局員に手渡した。

太宰忌の蛍行きちがひゆきちがひ
黒々とひとは雨具を桜桃忌
太宰忌を妻に言はれし後《のち》の蛍
太宰忌の蠅叩もて空《くう》打ちゐたり
合歓の葉はねむれる花や桜桃忌

といった私の拙句は、その後の折々に出来たものであった。忘れてしまったが、もっと他にも作っていたかも知れぬ。

名人上手の歌・俳句はそのものずばりで、何んの説明も要しないが、私のは違う。一句一句について、いささか自解・蛇足をこころみるゆえんである。

太宰忌の蛍行きちがひゆきちがひ

私の家の周囲はすべてこれ水田。だから梅雨のはじめからポツリポツリ蛍が出はじめて、梅雨の終り頃にはどこもかしこも蛍まみれになるのであるが、この句の「行きちがひゆきちがひ」は、まだほんの、二ツ三ツ出はじめのソレのつもりなのだ。でないと、私が詠いたい太宰忌のさびしさツラさが無くなってしまうのだ。

黒々とひとは雨具を桜桃忌

これは都心で、街の風景の中での私のおもいいれ、実は現下流行のビニイル製の白っぽい雨具ばかりが眼につく実景からは遠いことになるが、私の心象風景中で「黒々」と虚構の手段を取った。

太宰忌を妻に言はれし後の蛍

あんまり私が太宰太宰と呟いてばかりいるので、太宰に限らず小説なんか一度だって読んでいない家人が、ツイに桜桃忌のその日を憶えてしまい、（それとも新聞で知ったか？）ある年のある日

「きょう、太宰さんの死んだ日ネ」と言った。

そうして、そう言われたあとで、飛んでいる蛍をこの句は詠んだものだ。

太宰忌の蠅叩もて空打ちゐたり

農家ばかりに取巻かれているので、馬牛小屋・糞溜めが多いので、私の家では一年中蠅の絶え間がない。ただし句中の「空」はあとで加えたもの。

合 歓 の 葉 は ね む れ る 花 や 桜 桃 忌

馬酔木の例会で、たった一度だけ比較的に点のはいったモテた一句である。私の家の庭つづきの丘に一本ある合歓の木。あの雀の花嫁の笄《こうがい》みたいな花、太宰さんのある種の小説の、哀感に、耻ずかしそうな表情に通じる合歓の花。葉はすっかり眠ってしまったよごれを知らぬ少女の唇にも似たうす桃色の花を見ていて、フッと浮んだ句であった。

雪の日

——二・二六事件の日の思い出——

ふと、夜中に眼が覚めた。便所に起って、何時もと異《ちが》う小窓の明るみに眼をとめ、私は、雪、まだやまないんだな、と思った。窓を開ける。隣家の勝手口の塀の上に四五寸積った白いものが見え、眼を凝らすと、東京には珍らしい粉雪なのも判った。

蒲団に這入ってからも暫く眠れず、そうして三十分もたった頃、遠く鈍い爆発音が——続いてそれが二つ三つ聞こえ、そのままもとの静けさにかえると、ちょっとおかしいなと思い乍らも、私はまた何時の間にか眠ってしまった。

牧野伸顕邸へその夜数十人の兵隊が雪崩れ込んで、手榴弾を投げピストルを撃ち、牧野さんは運良く留守で助かったけれども、守衛の巡査が殺されたり怪我をしたりしたという噂を、私は朝になって聞いた。それではあの時の爆発音が手榴弾だったのか、死んだ巡査は、銭湯や魚屋の店先でよく顔を合わせた、実直そうな中年者だったのも聴てわかり、私は正直言って殺された人怪我した人達に同情し、乱入兵を憎んだ。なんのために牧野さんを襲ったのか、巡査まで殺さなければならなかったのか、その時私はじめ牧野さんと同町内に住む者達の誰にも、はっきりした理由、動機といったものが摑めなかったからだ。お祭の寄附を貰いにゆくくらいがせいぜいで、牧野さんと私達の間に平素特別な交渉があった訳ではないが、同町のよしみとは、下町に住む私達にとってそんな頑固な、ひたむきなものがあった。

バスが止まり、市電が動かなくなり、足を奪われた通勤者の群れが、私の家の前のS坂を頻繁に行き来する頃になって、牧野邸だけが襲撃されたのではなく、東京中の大臣官邸や軍人の屋敷が、それに警視庁、放送局、新聞社なども手榴弾や機関銃で蜂の巣のようにされている。やがて叛乱とか蹶起部隊とか、普段聞いたこともない耳慣れない言葉が人から人に伝わり、岡田首相も惨殺されたらしいと噂が立った。

蹶起部隊は赤坂溜池の山王ホテルと幸楽に立籠り、鎮圧軍？　が刻々それを包囲しはじめて、いまにも皇軍同志の撃ち合いが始まる不穏な気配が感じられた。それは私達にとって、あの大正の大震災以来の不安な先の知れない刻々だった。日比谷方面から帰った近所の人の話では、到る処鉄条網が張り廻らされ、砂嚢を積み、戦車まで出動しているという。

散髪どころではない朝から閑な店に坐って、私は呆やり股火鉢をしていた。と其処へ、田坂二郎がA大の制服下駄履きで這入って来ると、いきなり言った。

「昼少し前に邦の奴が僕の下宿へ逃げて来た、マリも一緒だ。ところが今頃になって、由紀が、由紀だけがどうも一人でアパートに残っているらしいと言い出したんだ」

「俺も、いや、いま君の顔を見た途端に、山王ホテル、幸楽……あっ邦さんのアパートはすぐ裏だったじゃないかって気がついたんだが、そいで、由紀君だけが残っているって何んなのだい？」

朝方兵隊がアパートに踏み込んで来て、直ちに立退きを命じ、それから上を下への大騒ぎになり、田坂邦子は同じダンサー仲間のマリに計ると、やはり仲良しの由紀を誘って兄の下宿へ避難しようとした。ところが廊下を隔てた由紀の部屋にはカギが掛っていて、いくら呼んでも声がしない。他の部屋の女達に訊いても知らない、姿も見ないと言う。やっと管理人に注意されて由紀の下駄箱を捜して見ると、靴はあるが下駄が見当らないのが分った。

「じゃあ、由紀君だけが早いところ逃げたんじゃないのか？」

「うん、素さんも知っての通り、ああいう躰になってからはずっと着物で通していた由紀だから、周章《あわ》てていたんで、それでは一人で先に逃げ出したのかと思って、その時は二人でムクレたそうだが、それがどうも今になって、部屋に残っているらしいと言うのさ」

と、田坂は暗い顔、というよりむしろいまいまし気に言った。

「ちょっと待って呉れジロさん。あの、原って言ったかね、菓子会社のドラ息子、あいつが迎えに来て、そいで由紀君一緒に逃げたんじゃないのか」

「いや、一度はそうも思ったらしい。けれどもね、原君が来たんなら、何もいまさらコソコソすることはない、邦達に断わるなり一緒に逃げるなり、挨拶があっていい筈だと言うのだ」

と言って、田坂は強度の近眼鏡の眼を細めると、思い出した様に煙草を抜いて火をつけた。

「それがさあ、危いところへ駆けつけた、無事だった、そいで惚れた同志カアッとしちゃって、お邦もマリもてんで眼にはいらず、手に手を取って……てなことかも知れないさ。なにしろ虫の好かない野郎だよ、あの原って奴……」

色の生ッ白い、六角眼鏡の、何時もバリッとした服装《なり》をした原が、そしてセロリを喰う時の(私はそれを、いっぺんしか見ていなかったが) そのセロリをつまむキザな指つきが、私にはゲッといった感じで思い泛んだ。

しかし田坂の話によると、由紀はこの頃ずっと睡眠剤なしでは眠れない、それもひと色では利かないまでになっていて、下駄のある無しは別として、ドアを叩かれ、ドア越しに呼ばれたくらいでは、泥のように寝入った頭は覚めなかったのかも分らない、ということだった。

お腹が目立つようになって、由紀はこの一ト月ほど前からホールを休んでいた。むろん文句なしに原の子供だったが、二人の結婚を原の親父が頑として承知せず、妾にならかこって置いてやる、別れるなら金はいいだけ出そうと言い、しかも腹の子供だって「誰ののだか判るものか」という言い草なのだ。由紀の不眠の原因は、ほかになかった。邦子とマリはおない年の二十三、由紀は二つ下で、二人に可愛がられていた。

「実はそれで素さんに相談、じゃない頼みに来たんだが、どうだろう、僕と一緒に溜池まで行って貰えないかね。邦もマリも是非あんたに頼んで呉れと言うんだ」

「……しかしねえ、ご婦人方の仰言るようには、そうは簡単に現場へ近づけるかどうか。行けというなら、そりゃあ行ってみてもいいけども」

と私はあんまり、気乗りしない風をした。

「ともかく、這入れる這入れないはなにとして、素さんたのむ。それにいざとなると僕なんかと異って、あんたは要領がいいし……」

「冗談言いなさんな、何時もの火事場なんかとはちょっと訳がちがいますよ。相手は巡査《おまわり》じゃないんだぜ、巡査なら、わざといきなり突きとばしといて《なによお、止めやがんだ。てめえの、俺ン家《ち》に火がついてるんだ》とかなんか啖呵きっといて、消防ポンプの非常線くらい通れるけど、きょうの相手は剣つきデッポウ持って、おまけに実弾こめているんだ。ほんとのところ、こりゃあジロさん、命がけの仕事だぜ」

「そうだ、ほんとに君の言う通りだ、しかし由紀がひょっとしてアパートに一人で残っていたら、素さんどうなる？」

点けっ放しのラジオからは、刻々と事態の緊迫するさまが報じられていた。私は田坂の相手になって、如何にも出渋っている風な思わせぶりな口を利いていたけれども、話しながらその時もう、肚の中では由紀を救い出しに行こうと決心していたのだ。そして由紀の美しい顔立ち、妊娠してから急に色っぽく見えだした彼女の起ち居など思い泛べていた。正直言って私には、田坂と女の救い出し競争なんかする気持は少しもなかった。田坂の学生らしい知性、自由なのんびりした下宿生活などに、職人である私は羨望と憧れを抱き、同時に田坂が示す友情に窃かな誇を感じていたのであるが、一方私のどこかに、田坂を田舎者扱いし軽視するところもあった。赤坂一帯に張りめぐらされた警戒線を突破するにしても、田坂はドジを踏みそうだが、俺なら……と高をくくった気持がなくはなかった。

私がはじめて田坂二郎を識ったのは、町内の「梅乃湯」の朝の流し場だった。その日A大とO大の野球戦が行われることになっていて、私は自分達の町続きにあるA大の当然なファンだったから、その日の決勝戦を気に掛けていた。ところが、脱衣場のカゴに五つだけ全部A大の制服が脱ぎ捨ててあるのを見た私は、ちょっと奇異な感じにうたれ、そのまま流し場へ這入っていった。

「どうだい、きょうは俺達のものかね」

「危いね、どうも。こっちが最初に勝っていると三回戦も大体うまくいくのだが、一回戦で〇に負けてる時は決勝戦を持っていかれる率が多いんでね」

味方の投手の出来がどうの、敵の攻撃がどうのと五人の学生のやりとりを聴いているうちに、私は思わず衝動的に口走っていた。

「お前さん達の負けさ、きょうは〇大のもんだ。大事な勝負の日に、こんな時間に、のんびり銭湯なんかに漬かっている奴なんかがいる、そんな学校が勝ててたまるかッ」

「なにイ」

と声がしたようであったが、五人対一人という逆な心理的な気負けで、湯槽の中はそのまま黙ってしまった。そして私も幾分せかせかと湯を上って店に帰った。

四五日して、その中の学生の一人が私の店へ散髪に来たのである。そしてそれが田坂だった。

「この間はオヤジさんにすっかり嚇かされちゃって……実はあの時柔道部の二段という男がいたんだが、あんたの剣幕に驚いてね、それで後で感心していた。癪にさわる奴だけれど、言ってることは本統だって……」

その日以来私達は親しくなった。はじめオヤジさんなどと呼んだ田坂は、私よりたった二つ齢下だった。下宿のメシが不味いと言っては、私の家で一緒にご飯を食べ、銀座へんの喫茶店やバアに連れ立って通い、しまいには珈琲代稼ぎに洗濯屋へ出す洗濯物を、私の家の盥に投げ込んでいくような附合いになった。そうして邦子達のいる溜池のFダンスホールを知り、邦子達のアパートへも遊びに通った。

田坂には郷里の九州に父親がいる。田坂が中学を卒業する年に生母が病死すると、その一周忌も来ないうちに父親が妾を本宅に入れた。十九歳の少年に感覚的に耐えられなかったのは、日に日に変っていく家の中の匂いだった。田坂がA大の試験を受けに上京しパスすると、続いて家出の恰好で邦子も兄の後を追い、持ち出した金で女学校の残りを了えたが、卒業と同時にダンサーの職をえらんだ。田坂の学資だけは、勿論きちんと送られていた。自分だけ暢気に学生生活を続け、平気で邦子をダンサーなどさせて置く気持が、私には不可解だった。結極、田舎者の神経なんだ、と思うより仕方がなかった。

私はまるっきり、ダンスなんて出来なかったけれど、店の休日には、ホールの中の酒場に腰掛けてビールなど飲み乍ら、邦子達の踊るのをただ眺めていた。そしてホールがハネると、田坂も一緒に五人で支那そばなど食べに歩いた。質屋の使い走りもしてやった。邦子とマリはどちらかといえば日本人離れしたタイプの女だったが、由紀はいっそ芸者にでもしてみたい様な、そして何処か寂しい影のある感じの娘だった。

ある晩、由紀と踊っていた若い外人が、いやらしい踊りを強いて彼女を怒らし、仲に這入ったマネージャーをその外人が殴った。子供の時分から毛唐相手の喧嘩に慣れていた私は、妙な男気を出すと、葵自動車の前で外人の帰りを待つと、ものも言わずに殴ろうとしたが、拳闘の心得があるらしいその男に、私は逆にノサれてしまったのである。夜間の屋外修理のため、四方から強い照明灯の装置された舗道で、私がだらしなく倒れる恰好を見た田坂が、あとで丁度リング上の試合を見るようだったと笑い話にしたが、そんな莫迦騒ぎのあったことも、彼女達と親しさを増す機縁になったかも知れなかった。質屋の使いぱしりというのは、私の店の一軒置いて隣りが、当時東京で三軒と指を折る親質も兼ねた大きなK質舗があり、ひと通りでなく私の顔が利くところから、つまり普通三十円しか貸さぬ品で五十円、七十円の品が百円になるといった訳で、彼女達に重宝がられたのだ。

邦子の時計でこんな話がある。彼女が客に貰った宝石入りの銀製らしい四角な時計を見せて、私に五十円借りてほしいと言い、私はそれをK質舗の番頭に見せると、何時もの癖で、指を五本立てた。

「親方、それは無茶ですよ。五ツなんてとんでもない」と、拡大鏡で石や機械を調べた番頭が言った。

「無理は、最初っから承知だよ。けども何んとかして呉れ、絶対に流さない、俺が責任を持つ」

主人に相談すると奥に消えた番頭が、やがて手に厚い札束を持って現れた。

「ギリギリのところ、いえ親方に流さない保証をして頂いて、二百円ではと主人も申しますが」

邦子をくどく手段に客が呉れたらしいその時計は、実はイミテーションではなくて、本物のプラチナ、ダイヤ入りの一流品だったのである。それにしても当時ナルダンのニッケル側腕時計が百円前後で買えたのだから、したがって質屋で貸す金は、ナルダン・ロンジン級でせいぜい三十円が相場だったところから押してみても、邦子の二百円は望外な金額だった。そして勿論、私が指を立てずに金高を言っていたら、そんな奇蹟は生れなかっただろう。邦子は狂喜して帰ると、それを仲間達に云いふらしたから、たちまち私は彼女達の入質顧問役に祭り挙げられてしまった。

私はいったん田坂を下宿に帰すと、原の勤め先の製菓会社に電話で、由紀の安否を問合せるようにさせた。そうしてさて、どうやって由紀のアパートに近寄るか、彼女を救い出すにはどうしたらいいか考えたが、これといって妙案の泛ばぬ纏まらない頭をいっそう邪魔するように、田坂の言った言薬、由紀がひょっとして、アパートに一人で残っていたら——その一ト言が去来して困った。

田坂が邦子とマリを連れて再び現れると、原は関西へ出張中で四五日戻らないことが判った。

「毛野さん、すみませんけども由紀のところへ行ってやって……」

邦子もマリもすっかり落つきを失っていた。私は服を着替えに座敷へ上ると、雪の中を歩く身軽なものを撰んでいたが、その時フト、押入の中に畳まれてある背負半纏《おぶい》が眼に着いて、まるで天の啓示ででもあるかのように突ッ拍子もない妙案が泛んだ。

「ヨシッ……」

ゲートルを巻き、山歩きの服装で、邦子達の前に出た私を見て
「何んだい、素さんその、腋に抱えこんでるの？」と田坂が言った。

「おぶい半纏さ」

「どうするの、それ」

まあ、任せて置けと私は言って、田坂と二人で外に出た。そして私は飯倉、虎ノ門、溜池の道をとり、田坂には麻布十番、六本木を廻らせることにして別れた。

兵隊の大半は地方人に違いないと、肚のうちで見当をつけた私は、由紀を私の老母に仕立てて連れ出そうと考えたのである。ゆんべは夜勤で会社に泊り、今朝になって年寄一人がアパートを出られないでいるのを知った、中風で寝たっきりの病人だとか何んとかごまかせば、うまくアパートに辿り着けるかも知れない。そこまで調子よくいけば、抜け出す時は半纏で背負って、頭を布でくるんで置けばいい。

途中十二三の関所に出会い、いちいち兵隊や憲兵の誰何《すいか》を受けた。中には、到底目的の場所までは行けぬだろう、内部の兵隊（叛乱軍を指す）達は殺気立っているから、だいいちお前自身の命が危い、という様な意味の言葉で「すぐ引返せ」と叱咤する兵隊もいたが、私の慇懃な態度と、それに反する荒っぽい、切羽詰った応対の演技が功を奏して、いや背負半纏がものを言ったのか二時間ばかりのあとでやっとのこと、アパートの玄関に着くことが出来た。

私は夢中で、土足のまま二階の由紀の部屋に駆け上った。カギは掛かってなかった。六畳の窓寄りに、黒っぽい袖の着物、黒襟のついた黄八丈の半纏を羽織った由紀は、ポカンとして、外を眺めていた。どうした訳か、子守ッ娘のやる様にタオルを前結びにかぶった彼女は、そのため細い眉がツレてけわしい表情をしていた。いきなり飛込んだ私を見て彼女はギョッとしたようだったけれども、由紀に想像出来ぬ筈のない危険を侵して迎えに来た私に、さのみ嬉しそうな表情を浮べるでもなかった。心外だった、莫迦をみたもんだとムカムカしてきたが、此処まで来て喧嘩でもあるまいと思い、我慢すると
「さあ、早く俺におぶさんなさい。ジロさんもほかの道からここへ来る筈だけど、待っちゃいられないほど外の気配はヒドいんだ」

私は気忙しく兵隊達の様子を説明した。と由紀が
「歩いてゆきます。あたしおぶさるのは厭よ」と言った。

私はいまこの文章を書きながら、その時交した由紀との会話をどういうものか一言も記憶していないのに気付いた。だから私はいまそれをくどくどと書かない。「早く俺におぶされ」と書いたところも、多分そんな風に言ったのだろうくらいにしか憶えていない。けれども、おぶさるのは厭だと断わられたのだけはハッキリしている。

私は殆ど無意識に、その時由紀を殴ろうとして手を振りあげた。そうして中ば腕ずくで女を背負うと、衣桁に掛っていた肩掛を頭からかぶせて部屋を出た。私は、意外に重たい由紀の軀を識ってハッとした。

行きに通った道順を帰りも踏んでいた。同じ兵隊や憲兵に会うと

「やあ、居りましたか、よかったですなあ」

と声を掛けて呉れる兵隊もいたし、礼を述べてもひどく不愛想なのもいて、ともかく私達は無事に、危険区域を抜け出すことが出来た。

アメリカ大使館前の坂を降り、飯倉から赤羽橋に出る市電に沿った裏通りを、暫く由紀を背負ったまま歩いたが、私はそれまでひと言も彼女と口を利かなかった。

やがて芝公園に近い、人のあまり通らぬ道に出て、そこではじめて、私は由紀の履物を持ち出すのを忘れていたのに気付いた。困ったなあ、と思い、由紀を歩かせられないのを識ると、私は自分の心持とはまったく逆な思いも寄らない行動をとっていた。いきなり由紀を、氷じるこ色に染まった泥雪の上に邪慳に降していたのだ。私はズボンから一円札を

摑み出すとそいつを、呆気にとられて立っている由紀のふところに捻じこんで

「円タクでも拾っていきな」

と、震えそうになる低い声で言った。そして、見る見る泥水のにじんでいく白い足袋を意識しながら、由紀を置き去りにして私ひとり歩き出した。

歌蛙

朝、靴をむすんでいる背後で、女房が言った。

「Hさんいらっしゃるの、きょうでしょう」

「そう、きょうだ」

「汽車の着くの、いえ、自家へみえるの何ん時頃でしょう?」

「今夜泊める。今夜っから、五日くらいかな、いや、ひょっとすると十日、半月泊るかも知れない」

「……」

「蒲団をよく干しといて下さい。赤んぼのおしっこ臭いのはいけねえ」

私は靴を履き暫く腰をおろしたまま、簷先《のきさき》の、眉に触れるほど鬱陶しく被いかぶさった柿の若葉を、呆やり見るともなく見ていた。いや、ただぼんやりしていた訳ではない。お客さんが来て、何を食べさせたらいいか、あれやこれやを考えていたのである。

——魚屋へ行って、何か見つくろって来て貰いましょう。鰤、ぶりはいけません、しゅんを過ぎました。え、何んだって鮭? からむんじゃないよからむんじゃ、まるで喧嘩だ。お客さんはね、鮭の本場から来るんですよ、オギャアと生れた時から、鮭なんて魚は道端のどぶ川にさえ泳いでるのを見ています。お頭つきで飽きるほど食べています。巫山《ふ》戯《け》ないで、真面目に話しましょう。莢豌豆《さやえんどう》、そら豆、ああ青いものはいい、独活《うど》、結構なにかうしおにする種はねえもんかなあ。しらす、さっぱりしていいだろう。油揚げ買っときな。葱あったろう。——

けれどもそれはみんな、私独り口の中でこっそり呟いていたに過ぎない。知っている、みんな知っているのである。台所の隅に転がっている季節はずれの筍が一本、あるっきり。味噌と醬油と鰹節の他には何一つなく、何一つ買えないのである。×ヒユクと簡単な電報が来ているだけで、十日十五日泊るなどとは、それこそ私の嫌がらせなのである。からんでいるのは、一方的に私の方なのである。

家内が黙って下を向いているので、私は仕方なく腰をあげた。駅までの道も、電車に乗ってからも、私はずっとお客さんに食べさせるものに拘泥った。

その日の昼近く、H君は私の勤先へ訪ねて来た。五年ぶりだった。陽に焼けて、そうして少し痩せているようであった。けれどもH君はきのうもおとといも会っている風な顔で「女房を連れて来ています。一寸外へ出ない？」と言い、それからまたドアの外へ出て行った。夫婦同伴とは意外であった。想像もしていなかった。私は多少狼狽の気味でH君の出て行ったドアから眼を逸らし、奥さん、あの人かな？

写真の、女学生姿があえかに浮んだ。五年前、H君が出征の途上三田の私の家に立寄って呉れた時、チラッと見た写真である。あの頃十七八として、今は。……

其処へH君の蔭にかくれて、眼の覚めるような麗人が立った。

「いや、どうも、しばらく」

しどろもどろの私に

「はじめまして」と麗人は静かに微笑した。

三人して外に出た。僕はゆきつけの珈琲店へ案内した。ココアが美味く、量があって、安い店なのである。

「アイスクリーム、六つ」

H君が女の子に命じた。拙い、いけないと思った。ココアは此の店のサービス品なので安いが、他のものは悉く高いのである。併も六つとは、H君達の住む土地ではアイスクリームを一度に二つずつ注文する習慣があるのだろうか、それを食べるとH君はまた女の子を呼んだ。

「君、珈琲三つ、それからお菓子もね」

私は眼をつぶった。珈琲の味も菓子の味もなかった。H君が眼で合図し、夫人がハンドバッグをひらき、私はもうふてくされたように椅子を立った。

「あの店は、朝安いんでね、九時までがテイタイム。僕は朝しか来ないもんだから、どうも……」

まるで惨敗である。

三人はそれから銀座を歩き、私は二人を鶴川村へ誘った。夫人が私の家の子供達に菓子を買うと言って豪華な洋菓子店へ這入ろうとした。私は狼狽してそれを停めた。

「駄目です、あれはいけません。自家の子供は、あんなものはお菓子だと思いません。お腹を悪くします。金太郎飴に限ります。太い方を二本ずつ買って行ったらそれで狂喜します」

終戦後街にはじめて餡入のものが出だした頃、私は思いきって或日二個の大福餅を子供達の土産にした事があった。私は胸をドキドキさせ——さあ、二人とも父ちゃんの前へ坐んなさい。お行儀よくキチント坐るんだ。ハイ眼をつぶって、いいかねおててを出して、よしッ。驚いたろう——けれども子供達は驚きも、狼狽《あわ》てもしなかった。真面目な、むしろ不機嫌な面持で、大福餅を二つに割り、中味の黒い餡をジッと眺めていたが、やがてそれを指でほじくり出した……本能、おそるべし。生れてはじめて食べる餡の甘味を、子供は、速くも感知しているのか、私は固唾をのんだ。と、上の子が、指に着いた飴をいきなり、パッと庭に向って捨てた。

夫人は、私の言うことを素直にとって、ずしんと重い程金太郎飴を買い求めた。地下鉄に乗り渋谷へ、帝都線で、それから小田急に乗換え、恰度ラッシュアワーにかかってどの電車も混雑した。停るたび動き出すたび倒れそうになる軀を支えて、夫人の額にじっとりと玉の汗が滲んだ。上気している顔の、眉を境に、その額のところだけがくっきりと蒼白く、私はH君を振り返ってそっと訊いた。

「奥さん、あの、できてるんじゃあない？」

「ええ、そうなんです。どうも少し早や過ぎてね」

「そいつは悪かったな。新宿から乗れば坐れたんだが」

鶴川村へ着いた。家内はお客さんが一人でないのを見て、ほとんど怯えおののくかたちであった。

「わたし、どうしましょう」

「あるものを全部出しなさい。もう仕様がねえ」

H君から、H君達のやっている俳句雑誌の話を聴いた。主宰のG氏、SS氏、H子さんの近況。酒がほしい、アルコールでもいい。

「ご飯はまだか、早くして下さい、腹がへった」

そして、ちょっと、と呼ばれて私は台所に立った。

「わたくし、原町田まで一ト走り行って来ます。あんまりひどすぎます」

「もういい、眼をつぶろう。それ何？　鍋ン中の」

「うさぎ、です。あなたから申上げて下さい。正直に言った方が……」

お膳が出て、私はそれを客人にすすめ乍ら、チラッと夫人の顔を盗み見「言うまい」と肚を決めた。うさぎ、と言った途端に吐く、と思ったからである。普通の軀ではない、血がさわいでいる時だから。現に隣家の、といっても私の家の窓のすぐ下に隣家の兎小屋が見え、真白な奴が四五羽、カタコト小屋の中を跳ね廻っている。食膳のうさぎは隣家のではないにしても、それさえ久し振りの子供達は「父ちゃん、このうさぎ」と今にもやりそうで私達ははらはらした。

蛙が鳴きだした。遠く近く、いっせいに声を揃え節面白く、私の、これが唯一の自慢なのである。ケロケロ、グググ、ケ、ケロ、ググ。

「どうだ、歌蛙、すげえだろう、Hさん」

けれども二人は、帰ると言い出した。葛飾の柴又に宿がとってあり、無断外泊はおかしいと言う。私はむきになってひきとめた。

「その心算りで蒲団も干しといた、汚らしくて厭だというんでなかったら、泊ってって呉れよ、頼む。鶴川村の蛙を聴き乍ら、ね、いいだろう。少々蒲団が狭いので窮屈かも知れないが、それもまたいい思い出になるよ」

二人は漸く頷き、その気になったらしい。

六畳の窓際にH君達を寝かし、私は長男と家内は女の児と三畳に寝た。家内と子供達はすぐ寝入った。と、暫くしてH君が言った。

「Kさん、いいかね」

「え？」

私は、驚き、しかし、ひとによってそういうこともあるのかと思って、静かに落着いた声で「外へ出ていようか俺」と訊いた。

「や、そうじゃないんです。習慣で抱いていてやらぬと、こいつ、眠らない」

私は天井を眺め乍ら、どうぞと言った。それからひとしきり、蛙がやかましく鳴いたが、私も何時の間にか眠ったようである。

翌々日、こんどは私が柴又の宿に招かれた。はじめて見る土地であり、一見静かな、うら寂びた感じの旅館であった。渡り廊下があちこちにあり、奥二階の、濃くおしろい塗った女中にH君達の部屋へ通された。床の間つきの六畳、続いて鳥渡《ちょっと》渡廊下を渡った小部屋。世が世ならば、新婚の夫婦など夢泊めるべき性質の宿ではないと、私は睨んだが、H君達はそれと気付かぬ様子だった。

ビールが出、さしみ酢のもの、鰻が出た。

「何か、もっと気の利いた肴はないのか。帳場へ行って訊いてごらん」

H君は無邪気に、そう言って夫人を促した。

美容体操

乙女の愚女と歎く避暑の宿

中村草田男の古い句にこんな句がある。短篇小説の一篇にゆうに匹敵する名吟だと、誰だったかが批評した句であるが、以来その割に俳人たちの口の端にのぼらない。そして、草田男俳句の鑑賞にもとかく漏れがちな句だ。

俳人はよく処女と書いて「おとめ」と読ませるからこの句の乙女も処女でいいだろうし、普通言う娘さんでもいいだろう。男を識らない娘が、他愛なく男に騙された事件を、男と女がその避暑先の宿で話し合う——といったくらいの句意と解しているが、そういえば「女と歎く」女の一字が、なかなか曲者に見えてくる。この句が短篇小説の一つに匹敵するかどうかは別として、俳句の約束である季語、この句の場合の「避暑の宿」はたしかに効果的な役柄をはたしているようだ。

ついこの間のことだが、同行八人で熱海へ行った。知人のまた知人の別荘がその二日間だけ空いていて、お米その他ご持参の、それこそタダみたいな温泉行だった。

一行は女六人、男二人である。老婦人が一人、私達中年者の男二人の他は、すべて娘盛りの女性といった妙な取り合せだ。

私の先輩であるA氏と娘が二人、その妹の方の学友が二人、それからA氏の秘書とでも言った女性。老婦人はA氏の姉である。二十と十八になる姉妹の父親の友人ということで、私はいちいち年寄りあつかいされたが、お蔭で娘さん達の視界からまったく解放された。ヤケに暑い日で、風呂場にいる時だけしか東京を離れた気分がしないと正直に別荘番の爺やさんに言ったら、「気の利いた人は、こんな日に熱海なんかにはいない。みんな箱根へ登ります」と、にべもなく挨拶を返された。

姉妹とその友達は錦ヶ浦見物に、先輩と老婦人と、それから新調の海水着を濡らしたいらしい秘書嬢とが街の方へ降りて行ったあとで、私は酒壜と湯呑を風呂場へ持ちこんだ。飲んでは湯につかり、つかり乍らまた飲むといった具合で、すっかりいい気持になると、一ト眼に熱海の街を見おろす廊下の椅子にもたれたまま前後不覚に寝入ってしまったのである。

フト、ひと声に眼が覚めた。開けて置いた筈の、廊下の障子が閉っているのに気づいたことから、私はすぐに起きあがってはいけない気配を感じて、狸をきめこんだ。

「イチ、ニッ、サン、一、二、三」

三人の娘さん達の掛け声がする。忍び笑いがする。

「ハイ、こんどは脚を上げて。腰をあげては駄目、お尻は……フフフ（とまた笑う）しっかりと畳につけてハイ、一、二、三」

かすかではあるが、リズミカルな音、いっそ衣ずれの音とでも言った音が聞える。

「さア、起きて。手を畳について下さい。軀をまっすぐに伸して、いいわね。腕を曲げるの……駄目よお腹をくっつけちゃ、ハイ、一、二、三、一、二、三」

想像だけだが、それから暫く、さまざまな屈伸運動が、ないしょ話の様な表現をとりながら彼女達の間で繰り返えされた。そうしてそれが、美容体操であることがやっと私にも分った。

「あら、S子どうしたの、どうして止めるの？　ずるいわ」

「くたびれちゃったのよ、ごめんなさい」

私は相変らず狸になっていたが、妙に頭だけが冴えていた。というのは、朝、駅のホームで妹娘の二人の友達を紹介された時、A氏が揶揄うように言った言葉を思い出したからであった。

「このＳ君は、まだ新婚のほやほやで……」

私は美容体操というものがどんなものか知らないが、眼に見えない彼女達の掛け声で、姿態のおよその見当はついた。未婚の二人にまじって、脚を伸し手を曲げ腹這いになる花嫁さんが、次第に憂うつになり不機嫌になり「草臥れちゃった」気持が、私にも何んだか分るような気がした。

そして暫く忘れていた表記の草田男の句を、どういう訳かフッと思い出した。

猿智慧

終戦の日から二十日ほど経った。

私はその晩、宿の主人に借りている卓袱台を机に、久し振りに疎開先の母に手紙を書いていた。まだそんなに遅い時刻とも思えなかったが、何時になく露路の内がひっそりとして静かだった。家内と子供は近所へ風呂を貰いに行き、手持無沙汰なのでペンを持つ気になったのだ。二タ坪ほどの庭の八ツ手の葉に明るい月影がさし、一つ二つ虫の音が聞こえていた。

その時、外からあわただしい足音がして、それが開けっ放しの玄関へ飛び込むと、そのまま二階へ駆け上っていった。押入れの戸をがたぴしさせていたが、軈てまた梯子段を踏み鳴らして降りて来た。

「だれ？　ジロちゃんかい」私は襖の外へ声を掛けていた。

「あ、小父さん、小父さんまだ起きていたの……」

五寸ほど襖が開いて、主人の弟の二郎が覗いた。真ッ蒼な顔をして、眼がキラキラ光り、笑おうとする顔が笑っていず、すぐに視線を反らすと襖を閉めた。チラッと後手に、何か匿しているのが見えた。這入って来た時の勢はなく、それが出渋っている様に、履物を履くのにわざと手間どっているように、気配で、私にそう感じられた。二三歩外に出て、それから「小父さん」と変にうわずった声で私を呼んだ。

「なんだ、何か用かい？」誘い込まれて、思わず起ちかけた。

「いんだ、いんだ。小父さんあとで帰ってから話すよ。」言葉尻が消え、そのまま足音が遠離《とおざか》った。そしていっそう辺りが静かになった。

と其処へ、いれちがいにまた足音がして
「小母さん、小父さんいます？」

呟きこんだお仙ちゃんの声だった。私は急に胸騒ぎがしだして、跳ね起きると玄関に飛び出て行った。

「あ、小父さん、ちょっと、ちょっと来て。ジロちゃんが、いま裏のお墓んところへ。相手は三人で長ドス持って、あたし今、政公を呼びにやったけど、二人じゃ、危い。小父さん来て、お願い」

私はウンウンと声にならない返事をして、草履を捜しながら、下駄を履いていた。それから何か手に持つものを捜した。台所の出刃が泛んだが、手は下駄箱に脇にあった自転車の空気入を摑んでいた。黙って外に出ると、お仙ちゃんと並んで歩き出した。舌の根が渇いて口が利けなかったのだ。膝頭がゆるんで小きざみに軀がふるえた。二人とも急いでいる歩き方ではなく、後から綱ででも引っぱられているように、足は宙に浮いていた。歩き乍ら、妙な、猛烈なスピードで意識過剰になり、頭の中で饒舌になっていた。

命が惜しい。

俺には、妻子がある。

あの大空襲に、擦り傷一つ負わずに生きて来て、やっと戦争が終った今、他人様の喧嘩のとばっちりで死ぬのは厭だ。

御免だよ。

齢を考えろ。齢を。

もう少し人間並なものを喰って……女房を可愛がって。

いまなら帰れる、と思った。突然立停って笑い出し、「俺、厭になったよ」と踵を返えす。切迫したその場の空気から、却ってそれが輒《たやす》く、可笑しくも何んともなく出来そうに思ったし、「人間、なまじいドスなんか持ったって、そう簡単に人を殺せるものじゃあない。いまにジロベエ、ゲラゲラ笑いながら、帰って来るよ」そんな科白も泛んだけれども、やっぱり私は自分自身に逃げ隠れが出来なかった。

墓場まで一丁くらいあるか、露路とはいえ焼残りの街中なので、急ごしらえの商店がここにはポツポツ並んでいた。雑貨屋がある、休業中の豆腐屋がある、煙草屋がある、焼け出されの理髪師が寄り合っている理髪店がある。明るい店の中の三台の椅子に客が坐っていた。まん中の男の髪はあれは屹度刈り難いぞ、毛が柔かすぎて癖がなさ過ぎるからだ。しもたやの前を通った。家の中が縁先から丸見えだ。両親と娘が、何か喰べている。戦争この方、俺達は喰うことばかり考えて来た。口を動かしている時だけが、生きている証拠みたいに思って来た。下駄の歯入屋の爺さんが鉋を使っている。金銭だけでは、歯を入れて呉れなかった。あまり用の無い歯入屋ですらそうだった。脇目もふらず歩いている筈の私は、不思議なことにそれらを入念？　に見ていた。

墓場の木立が見えてきた。まん円く白っぽく、いやに高いところに掛っている月だと思った。

昭和二十年の七月から九月末まで、私達はこの新宿区のY町にいた。山本健吉夫妻の疎開した後の家で焼け出され、横光先生のお宅に二タ月ほどお世話になり、それから、三月の江東方面の大空襲で焼死した妹の、女学校時代の友達の家に暫く同居してからの、此処は三度目の家であった。老母と細君と子供を別所温泉に疎開させて主人とその弟が残っている私達には全くの未知の人、その兄弟のご飯炊きさえすれば、部屋代も何も要らぬという、知人の持って来て呉れた有難い話だった。

近くに大きな兵営がありながら焼け残った繁華街の一劃で、五軒七軒と棟の続いた長屋ばかりの露路の中で、その由井の家だけが一軒建ちの二階家だった。

兄の由井は三十前、弟の二郎は十七の少年で、初対面の時貰った名刺に東光電気有限会社常務取締役と肩書きがあった。

「奥さんが、ご不自由のようだから、僕達は二階へ上りましょう」

由井はそう言って、私達に階下の十畳を使わして呉れた。家内が妊娠八ケ月の大きな腹をしていたからだった。

引越しの晩、由井が二郎を紹介した。外から帰ったばかりのその学生服の少年は、立ったまま襖に寄りかかり、挨拶する私達にニコリともせず「フン」と言った。瘦せて背の高い、神経質そうな、しかし綺麗な顔だちの少年だった。

丁度主食の配給は大豆と缶詰ばかりの頃であったが、由井達の食事は朝晩とも混りっ気無しの白米ばかりで、家内はそれを自家の子供に見せないため、蔭で泣いていることがあった。由井のところには一週に一度くらい夜遅くオート三輪が着いて、白米と味噌と醤油が届き、その車で数箱のラジオの真空管が運び出されていった。由井は時々、味噌や醤油を分けて呉れたが、お米だけは分けて上げられないと、最初にははっきり断っていた。

由井が朝早く出勤したあと、二郎がぶらっと家を出る。そして午後になると三四人の仲間を連れて来て、二階で騒ぎはじめる。ギターが鳴る、歌声がする、空襲のさ中でも二階の騒ぎはたいして変らない。屋根に登って飛行機にむかい、バカ野郎と怒鳴っていることもある。それは実に傍若無人な振舞いに見えたが、別段近所から苦情が出るということもなかった。後になって識ったことだが、それはこの界隈の人達が多かれ少かれ、二郎達仲間の恩恵に浴していたからであった。そしてその三四人、多い時には五、六人になる仲間のうちに紅一点がいて、その娘は二十になり、お仙ちゃんといった。小麦色の肌をした美人である。

「きょうの宴会は、何人だい」

「政の奴があずきの缶詰を手に入れたとよ、十箇だよ、あの野郎却々味をやるじゃねえか。モチ甘いやつよ」

「砂糖を、なに？　一貫目。よせよせ足元を見やがるにも程があらア、もう五百匁出させろ」

彼等のそんな囁きが、襖の蔭玄関先で時々する。ある時、二郎と二人になった。そして私は、何んとなくこんなことを尋ねた。

「君は中学生だろう、どうして学校へ行かないんだね」

「焼けちゃったんだよ。出れば焼跡片付けさせられるんで、かなあねえから行かないんだ。それよりか、小父さんは何をしてるんだい？　毎日ブラブラしていて、よくやっていけるねえ」

「俺の会社も焼けたんだよ。移転先が決まるまで、遊んでるんだよ」

「勤め人？　嘘だろう。一雄っていうのは本名で、ほかにペンネームがあるんでしょう。お仙ちゃんが言っていたよ、小父さんの小説を何時か読んだことがあるって」

「小説を、俺が、冗談じゃない」

「隠したって駄目さ、知っているよ。原稿用紙をごそっと持ってるじゃないか、こないだ何か書いていたじゃないか」

私は思わず赧くなった。弁解もしたが、同時に、何んとも言えない寂しい気持がした。私は私がほんとうに小説家で、いまこの少年の前で態とゆとりのある白ラを切り、おのずと浮んでくる微笑を堪えているのだとしたら……とそんなことを思い乍ら、そのためにもいっそう顔が赧らみ、胸苦しかった。

私は三四百枚の原稿用紙を持っていた。横光先生のところにいた頃、やはり其処に同居していた橋本英吉氏から貰ったものだ。夜具と食器しか持たない焼出されの部屋では、その分厚い原稿紙の嵩が人眼をひくのは当然だった。手紙でも書いているところを見たのか、それにしても、私の書いた小説を読んだとは？　まさか「剃刀日記」を指しているのではあるまい。とすると、私の同名の作家である石川達三、石川淳といった人達の小説を読んでいて、単純にそれを私ときめてかかっているのだろうか。

私は俳句というものを作る人間で、だから原稿用紙も持っているのだと、その時、二郎に説明したが、ハイクという言葉が彼によく解らなかったのか、それとも俳句を作ろうが小説を書こうが、何も俺達に関係のないことで、唯ちょっと訊いてみただけなのだという意味なのか、二郎はただ曖昧な薄笑いを泛べただけだった。

ある日、二郎、お仙ちゃん、政公の三人が、重そうな風呂敷包を運んできた。

「兄貴には内証なので、済まないが小父さんの部屋へ置いて呉れないか」

「置いてやるが、預り賃はよこすんだろうな」と私は冗談に言った。

「チェッ、がっちりしてやがる。そうだ、いっそ小父さんが買ったらどうだ。砂糖だよ、十貫目ある。闇には異いないが、世間の相場より三割方安いんだよ」

「砂糖は要らないね、砂糖では腹がくちくならないよ。それにだいいち金がない」

「どこかで一時都合するんだよ。小父さんはバカだね、砂糖だと思うから買えないんだ。闇の中でも砂糖は高級品の部に入るんだ。貨幣だよ。金で金を買うも同じなんだよ。一割引きで何処かへ捌く、瞬く間に二割の利息がつくんだ。一割五分を金にして、五百匁の砂糖で小母さんと坊やを喜ばしてご覧、小母さんのサービスがいいぞ」

「生意気言うんじゃない、子供の癖に。酒なら無理しても欲しいところだが」

「なに酒？　小父さんは酒が好きなのかい。なアんだ、そんなら早く言えばいいんだ。日本酒がいいのか、ビールが飲み度いのか、それともウイスキーかい」

「大人を揶揄うもんじゃあないよ、本気にするじゃないか、今時ビールだウイスキーだなんて」

「嘘だと言うんだね、よし、明日とは言わない、今夜奢ってやろう。ほんとうだぞ、好きな奴を言いな」

三人が眼と眼を見合わす、この大人を吃驚さしてやろうといった子供っぽい表情になる。酔っぱらえるものなら何んでもいいと私は小声で応えていた。半信半疑でいながら夜が待たれた。そして彼等のいう宴会が、わけてもその晩は盛大に催された。日本酒の一升瓶が一本、驚いたことに、牛肉のすき焼きが出た。葱が煮えシラタキが煮え、生卵が一個ずつみんなの皿に割られた。なるほど、すき焼の味とはこんなものだったか、酔った頭に唐突に古典という妙な言葉が泛ぶほどの驚異だった。お仙ちゃんが、むっちりとした腕をさし伸べて酌をして廻った。

「毎晩という訳にもいかないけど、小父さん、飲みたくてどうにもならない時には、あたしにそ言って頂戴、無理するわ」

ほんのり眼のふちを染めたその娘が、妙に色っぽく身を捻じって言う。私は不図臨月近い家内の軀とおもいあわせ、たちまち深い酔いの中に墜ちこんでいった。

翌日は幾らか宿酔いの気分で頭が重かったが、その宿酔いの味すら、たまらなく懐しいものだった。

彼等に礼がしたかった。何かの形で気持のすむ方法を考えたけれど、焼け出されのすかんぴんの身に、どだい無理な話だった。出来もしない難題を、自分で自分に吹っかけているにすぎなかった。

すると四五日して、また二階へ呼ばれた。こんどはウイスキーだ。プンとガソリン臭い匂いがしたが、軍の兵站部から流れた品だから、命に別条ないだろうと政公が太鼓判を押す。酔うにつれて私は何んとかして彼等を喜ばせたいと焦ったが、流石に近所隣りへの遠慮もあって歌も歌えず、何んかないか、話してはどうだろう、よしッ、俺の恥ッ晒しをしてやろう、喧嘩の話がいい。

――むかし、むかし、俺が十九歳の時だった。軀を悪くして、三年間転地をしたことがあった。最初が静岡県の焼津、次が相州葉山、三年目に金が無くなって、叔父のところへ転げ込んだのが横浜の本牧だった。君達は知るまいが、チャブ屋と称する、外人相手のインバイ宿が軒並ならんでいる土地だった。叔父は造船所を経営していた。造船所といえば体裁がいいが、木造の漁船、ボート等を造るところだ。貸しボートを兼業し、俺は毎日ロハのボートで遊んだね。第二キヨ・ホテルの評判の美人だったK子を識り、K子を乗せてはボートを漕いだものだ。太陽の下に抛り出された、気怠そうな商売女の姿体というものは、味なものだ、俎の上に乗った魚に似ている。どうにでもして呉れといった棄て鉢な強気がある。俺は二つ齢上のK子に可愛がられた。映画見に誘われる、メシを喰いに連れ出される。その癖、夜、金を払って女の家へ上ろうとすると、真っ蒼になって拒否する。まるで喧嘩腰だ。「滝の白糸」なんだよ。古今東西何処の国にもいる手あいさ。十九歳の餓鬼はたちまちいい気になった、いっぱしに女のヒモを気取った。上布の白絣かなんかで、チャラリチャラリ練り歩いている間夫気取りの小僧を、土地の兄イさん達が黙って見逃す筈はない。

　ある日、横浜の埠頭を歩いていると、人相のよくない奴が寄って来て

「ちょっと顔を貸して貰いてえ」

と来た。一人だと思った相手がいつか四人になった。前後左右を取り巻かれて、歩かされた。ギャング映画を想像するがいい、場所も恰好な波止場だ。けれども本人の俺は、正直生きた空はなかったね。桟橋の突端まで連れて行かれると、中の兄イ株が命じた。

「この野郎を抛り込んじまえ」

　手を取り足を取り、まさに抛り込まれようとした時、俺はハッとした。洋服を汚されては大変だ、目下の身分では弁償おぼつかなし。洋服は、友達の借り着だったのだ。俺はそれを正直に言ったものだ。すると脱がして呉れたよ。洋服、靴、ワイシャツ、ネクタイみんな一ト纏めにして脇に置き、俺はサルマタ一つになった。勿論抛り込まれたさ、ヤケに背中が痛かったのを憶えている。重く鈍い水音を自分の耳で聴き、油臭い塩水をしたたか

飲んだ。

二郎も政公もやんやの喝采だった。お仙ちゃんは腹を抱えて畳に突ッ伏した。けれども私は叫んでいた。

――ちょっと待って呉れ、話はまだ終ってないのだ、ヤマはこれからなんだ。俺は正直水の中は苦手なんだがそれでもやっと這い上ったよ。桟橋という奴は下から見るとヤケに高いものだ、這い上って軀を拭いた。ワイシャツを着、ネクタイを締め、服を着、靴を履いた。脱ぐ時にポケットにしまった腕時計もはめた。ロンジンの素晴しい奴で、俺の御自慢の時計だった。何？　相手の兄イさん達かい、むろんもういなかったさ、雲を霞って訳だ。場所が悪いからな、波止場は御承知のカンカン虫の巣だ。世界が異う、ぐれんたいもやくざも、海の上のカンカン虫にはてんで歯が立たない。四人掛りで一人をやったと見たら、理由も糞もない、数の多い方が袋叩きだ。俺は二三歩あるいて、其処であらためてギョッとした。俺の洋服がどうして無事だったのだろう？　時計もそのままだ。気がついて内ぶところをさぐると、財布もそっくりしている。俺を水葬にしたあとでどうして服や靴をかっぱらって行かなかったのだろうか。だいいち靴を脱ぎ服を桟橋の端に置いた当の俺が、這い上って来ればそれを着られるものと無意識にも信じ込んでいたことになる。解るかね、君達ならどうする？　いや、これは失礼。昨今のそこらへんを歩いている与太公だったらどうだろう。洋服どころか、ハンカチ一枚残ってはいまい。行きがけの駄賃どころか、当り前のこんこんちきだと言うだろう。けれども当時の与太公はそうでなかった。他所土地の俺という小僧のでしゃばった面ラが、ただ気に喰わなかっただけなのだ。縄張りを荒した訳でもなく、吹っかけられた喧嘩の相手でもない俺なんかには、丁度水葬くらいが手頃のヤキだったのだ。つまり、言ってみれば仁義なのさ。

「それで小父さんは、そのK子と手を切ったのかい」政公が膝を乗り出した。

「切るも切らないも、純情なものだったからね、その後も、相変らず女をボートに乗せて遊んだよ。女の手前、見栄もあったし、肺病でヤケにもなっていた。その後相手に会わなかったかって、むろん会ったさ、そしてその時は息の根がとまるほど殴られた」

他愛のないそんな話が、すっかり彼等のお気に召した。以来私は二階へ呼ばれる度びに半創作の喧嘩出入り談を披露した。神田の喫茶店街で他人の喧嘩に口を出し、お鉢がこっちへ廻り、袋小路に追いつめられてドスを抜かれた話。そろそろ敗戦の色濃くなった頃、友だちにビールを飲ませたいばっかりに、浅草のまん中のビヤホールでビールを盗もうとして、土地のやくざにふんづかまった話。けれどもそれらは、すべて私の敗戦の歴史にとどまった。私は彼等の喜ぶ様子をみるのが愉しかった。お酒を飲みたい下心ばかりではけっしてなかったのだ。

「お仙ちゃん相手は何んだって言うんだい。で、やっぱり、土地の奴かい？」

「そう。軍から出るアルコールの取引きで、ジロちゃんが横あいから奪ったというのよ。奪ったといやあ奪ったに異いないけど、あたし達の世界じゃ、そりゃあ、実力の相異だもん。今頃になって、おとしまえをよこせの何んのたって……」

「………」

墓場の塀の崩れた跡を跨ぎ、墓石を縫って歩いた。と、四五間先の空地に四人の影が見えた。そして私は、思わず立停ってしまった。昼間のように――という月並みな言い方よりほかにない明るい月の下に、一人が抜き身の日本刀を持ち無言のまま棒立ちになっていたからである。私は思わず、手にした空気入を墓石の蔭へ匿した。相手の殺気立つのが怖かった。却って素手の方がいいのだと、咄嗟に分別していた。似た様な復員服の二人は私達の姿に気づくとこっちへ這入って来いとでもいう風に道をひらいた。抜き身を持った男の横に、これはただ、ズボンのかくしに両手を突ッこんだままの男が立っている。二人とも二十五六といった年恰好で、もう一人は、二郎と同じくらいの少年だった。

その前に、二郎が呆やりと魂がないみたいな姿で立っている。

「ジロちゃん、どうしたんだ」

「………」

チラッと泣き笑いに似た表情で私の顔をみた。すると、抜き身の男が二郎のだんまりを

引取る様に

「お前さんは何んだ。何しに此処へ来たんだ」と、私にすごんできた。

「あたしかい、あたしはこの子の家に厄介になってる人間だ。いま、報せに来られたので、まちがいでもあってはと、見に来たところよ」

弱身を見せるな、口の利き方に気をつけろ、素ッ堅気は拙いぞ、こんな相手には言葉一つも大事なんだ。私は肚の中で、自分に掛け声をかける思いで、やっとそれだけ言った。

「まちがいがあるか、ねえか、いま話をつけているところだ」

そして二郎に向って「おいッ黙ってねえで、何んとか言ったらどうだ。俺達の面をどうしてくれるんだよ」

とまくし立てた。

二郎がはじめて口を利いた。

「だからさっきっから、言ってるじゃないか。兄貴たちの口が這入ってるってこと、俺ア知らなかったんだ。知ってりゃきれいに手を引いていたんだ」

「やかましいやいッ」こんどは、かくしに手を入れていた男が怒鳴った。

その時だ、二人の蔭に立って、ジットそれまで二郎を凝視していた少年の軀が揺れた。ブルッと、身ぶるいしたとも、私には見えた。右手を後に廻している。その匿した手にしっかりと匕首らしいものを握っているのが、眼に這入った。私は「いけないッ」やれば此奴が「刺る」と思った。たいした大物ではないにしても、二人の若い奴らは多少喧嘩の場数を踏んでいる殺しの損得を知っている面ラがまえだが、小僧の方は、此奴アただ怖いのだ。夢中なのだ。気も顚倒し、二郎の顔すら、ハッキリは見えてないに異いない。あきらかに敗けている二郎の、下タ手な調子を判断する力もない。一人だった相手が三人になった数の観念だけで、一対一の土壇場に自分を追い込んで了い、刺さなければ刺される、と、てっきり思いこむ。

その時私は急に腹が痛み、便を催してきた。いや先刻から催していたものが俄かに激しくなってきた、と言った方が正直だ。我慢しようにも、どうにも耐えられない生理の衝動に、私は思わず、その場へ蹲み込んでしまった。そして自分ながら思いがけない、天の啓示とでも言うよりほかにない不思議な言葉を口走っていた。

「おうッ、兄イさん達、ちょっと御免よ、糞が出たくなったんだ。そばにいると臭せえぞ、野糞って奴ア、飛切り臭せえもんだからなあ。どいてな、どいてな」

呆気にとられた二人の若い奴は後に退いたが、小僧の方はポカンと立っていた。そうしてたまらない臭気の中で、私は、紙を持たないのに気づいた。

「おい、其処に立ってる小僧さん、おめえ、紙持ってるだろう」

機転が機転を生んだ、われながら踊りあがり度いような効果が眼の前で展けた。

「へいッ」と小僧が叫んで、慌てふためく。匕首を地べたへ抛りだすと、同時に両方の手をポケットに突っ込んで掻きまわし、「ありました、ありました」と震える手で皺くちゃなヤツを渡してよこした。

急に相手の方で折れてきた。五分のおとしまえを出す約束で、手を打った。けれども私は、いっぺんに、十年も齢をとった様な気落ちの疲れで、来る時よりもいっそう、脚腰に力のはいらない足を運んでいた。

その晩がまた騒動だった。

「小父さんの度胸のいいのにゃ、驚いたなア」

「おい小僧、お前紙持ってるだろう——小父さんの巻き舌のすごかったこと。あのチンピラ、五寸も跳びあがったわよ。でもほんとに臭かったわ、やな小父さんねえ。……ウフフフ」

「それより、ジロちゃんさっき二階へ駆け上って、何してたんだい」と私は、墓場へ行く前のことを思い出して訊いてみた。

「ああ、あれか、これを持ち出したんだよ。どうしても話がつかなかったら、刺るつもりだったのさ」

そう言って、二郎は尻のポケットから海軍ナイフを出して見せ、照れくさそうに笑った。

「さあ、小父さんのために乾盃ッ」

「ああ、有難う。怪我をしないですんで呉れたジロのためにも乾盃だ。だけどもね、あそこで俺が急に糞なんかしたのは、あれは、俺が如何にだらしがなく臆病な人間だかって言う、証拠なんだよ。人間は極度の恐怖心に襲われると、糞意や尿意を催すものなのだ。あの戦争の最中、防空壕の中がよく糞や小便で汚れていたのを君達も見ていたろう。恥しいけど、俺のもあれだったのだ。ただ亀の甲より年の功で、思い掛けないあんな猿智慧がフイに泛んだだけの話さ。それでなければ、お仙ちゃんの様な美人の前で、あんな不態な真似をする訳がない。……」

柊の花

柊の花や空襲警報下　万太郎

久保田先生のこの作品が、はじめて発表されたのが昭和何年であったか、雑誌か新聞かどちらの紙上か私は識らないが、多分昭和十九年の晩秋というか初冬というか、その頃のことだったように思う。というのは、私に、つぎのような忘れられない思い出があって、どうも、空襲のそろそろ激しくなった頃とより考えられぬからである。

当時私は、芝三田聖坂に住んでいた。坂の下から坂上まで約三百米くらいあって、私の家は坂下から丁度百米のところにあった。しちっくどい頭のわるい説明で自分乍ら嫌なのだが、ここが肝心なのでもすこし我慢して読んで頂きたい。その私の家から坂上に向って十五米ほどのところの往還に防空壕が一つ、そこからまた百米上にもう一つの防空壕があった。そうして老人、婦女子専用の横穴防空壕が、フレンド女学校の校庭の真下に作られていた。隣組の群長だった私は、警戒警報の鳴るたびに、自分の受持区域のとしより、女子供をその横穴まで送り届けるのであるが、大事な手廻り品や位牌まで背負って来る、それら隣組の人達をやっとの思いで横穴に入れ、駆け戻って坂の自分の家の前に立つ時には、きまってもう、あの空襲警報が鳴り出している。ズウンズウンと高射砲の炸裂する音、黄いろっぽいその煙塊のあとさきに、敵ながら美事な、いっそ惚れぼれとする様なB29の編隊が既に頭上ちかく迫っているのだった。

私は夢中で、きちがいみたいになって、坂上の防空壕へ駆け出す。後日、百米十三秒台などと、自慢顔に笑い話にしたほどの速力で駆け出すのであったが、どうしても前記の十五米さきの防空壕には這入れず、一つ越した百米離れた防空壕まで走って、まるでもうプールにでも飛び込む恰好で、頭の先から滑り込むといった具合だった。というのは、その近い方の防空壕には必ず二人の若い男女――H大の学生と、その学生の家（近い方の防空壕のすぐ前にある家）の隣家にいる女学生が、穴のいちばん奥に莚を敷き、抱きあうように寄り添っているからであった。などと書いてみても、おそらくその時の私の気持は、読者諸兄に分って貰えぬだろうと思う。

勿論、やきもちなんかではなかったし、バツの悪さ具合の悪さ、照れ臭さなどではない、何んと言ったらいいか、一種の死んでも死にきれない、恥しさからの逃避だったのである。大学生にも女学生にも、私はいささかも悪意がもてなかった。それどころか、清潔なきれいな二人だった。私達の隣組は、政府の高官とか大工場の社長とかいった人達が多く、したがって空襲時に家に残っているのは、奥さんや年寄や子供や女中さんばかりだったので、その坂の二つの防空壕には、折から其処を通り合わせて避難する、見ず知らずの通行人でもないかぎり、私と大学生と女学生の三人だけしかいなかった。私は今さっき、二人が防空壕の中で抱き合うようにと書いたが、それは嘘だ。唯の道路を四五尺掘り、ありあわせの丸太ン棒を渡して土をかぶせただけの、そんな防空壕の近くに、もし爆弾でも落ちたとしたら、グもスもないに定っている。もし万一そんなことになった場合を、私は窃かに何時も空想していたのであった。私の防空壕から三つの死体が掘り出される、大学生と女学生の、その時こそ抱き合うように死んでいる側から、まるでなんかよけい者みたいな邪魔ものみたいな私の死骸が現れるのを想像しただけで、お洒落な私にはどうしても我慢ができなかった。命懸けでもつい、百米先の防空壕に走っていた訳であった。おまけに悪いことに、その防空壕は亀塚稲荷の高い石崖の真下になっていて、いっぱつ喰らったら最後二三丈もあるその石崖の下敷になること必定な、だから神主一家すら敬遠して這入らぬ代物だったのだ。

そんな頃の或る日、俳句仲間の小倉栄太郎が私の家に立寄り、世間話をしている時、丁度警戒警報が鳴り出した。私は例によって横穴組を送り込んで家に戻ると、頭上で高射砲の鳴っている中を小倉と二人で駆け出した。そうして当然飛び込もうとする近くの防空壕の前で、やはり私は咄嗟に、ほとんど無意識に、小倉の手を邪慳に引っぱると、百米先のヤツへ夢中で走った。小倉に文句を喰ったのは当りまえだったが、私はやっぱり三つの死骸の話は、恥ずかしくて説明は出来ず終いだった。と、その時
「柊の花や空襲警報下、どうだいちょっと驚きだね」と彼が言った。
「え、それ君の句?」
「冗談じゃない、万太郎ですよ」

柊 の 花 や 空 襲 警 報 下

その日限り、その柊の句が私の頭の芯にこびりついて離れなくなった。

柊の花ねえ、なるほどなあ――私は私の家にたった一本だけある(庭木として)、その頃は、とうに花なんか散ってしまった、実さえ落ちてしまった柊の木を眺めながら、思わずそう歎息したのであった。白い小さなさびしい花、あの匂い、空襲下のまったくひとりぼっちな、唖の世界。

「もうこいつあ、ほかの花なんかじゃ断じてない」と。

それからというもの、私は崖下の防空壕の中で先生の柊の花の句をぼそぼそ呟いては、まるで何んかお題目代りにでもしている始末だった。そうして不思議なことに、そのために、妙な落ちつきを柊の花の句から貰うことができた。うす暗い穴の中に孤りいても、可笑しなことに強気になれるのであった。

そして、近いような遠いような、爆弾の落下音を耳にしながら、ある時フッと、久保田先生んところの耕一君の言葉を思い出したりした。

「僕が中学生の頃、親父さんと珍しく二人で風呂に這入っていたんだ。するとね、そとは雪だね、と親父が僕に言うんだよ。いえ、ひとりごとかも知れなかった。雪が降っていたのかって、冗談じゃない……秋だったか夏だったか、それがてんで季節はずれなのさ」

小説を書かれていて、雪の描写を思いあぐんでの、先生の独り言かと、私はもっとも平凡な解釈をしたが、食不足で、やけに、膝ばかり寒い穴の中にジッとしていると、そんな耕一君の昔話が、きのうのことのように思い出されるのであった。

太宰治氏のこと

――太宰治……

――太宰、死んだって？

――やったね、太宰……

電車の中、行きずりに、若い人のささやく声を耳にした。聞くまいとしても耳に這入る。

その朝、私は家を出際に新聞屋の子供から受取った「朝日」を、歩き乍ら田んぼ径で、なに気なくひらいた。ビクッとし、立停って、喰いつくように一気呵成に読んだ。うしろに牛車が来て、私は径を立塞いでいた。

太宰氏は明治四十二年六月十九日に生れ「この年に生れた人で幸福な人はひとりもない。やりきれない星である」と書いている。実は私も太宰氏と同じ年の酉・一白・水星。太宰氏の予言どおり、実にやりきれない星を負わされて生きて来ている。酉の一白の男は、お洒落で気が弱く、だからお人好、と暦の後にちゃんと出ているし、私はいちいちその通りで苦情はないけれども、太宰という人はまるで異う、そんな筈はない。どうしてどうして粘りのある執拗な、芯の岩乗な人だと私は思い、信じていた。遠く「晩年」のむかしから太宰治の小説を読み作品を通してそう信じていた。そうして佐藤春夫の小説「芥川賞」を読むに及んで、ますますその思いを固めた。こいつは大変な大物だ、酉の一白侮るべからず。

ある時、ある雅会の果ての酒席で、私はひとから隠し芸を強いられたことがあり、そういうことにからきし能の無い私は、偶々その時ふところにしていた「女生徒」のある箇所を起ち上って朗読し、サッと一座を白けさせたことがあった。われとわが音読にいささか酔い心地、夢見ごこちで読みすすみ乍ら、私は座がしんと静まりかえるのを見定め、心窃かにニヤリとし「どうだ」と上眼使いに見渡した途端「はい、ではお次ぎの方」と出鼻を挫かれ、まるでもう惨敗のかたちであった。そうして軈《やが》て会も終り、私は一人浮かぬ顔つきのまま、下足の順番を待っていた。と背後に近々と人の擦り寄る気配がして

「朗読なかなかよろしかったわ」

「え……」

「Kさんは、太宰文学をご贔屓なの？」

「ええ、もう。貴女もですか？」

「いいえ、わたくしは嫌い。饒舌すぎますわ、それに、品がありません」

男ばかりの雅会に阿諛《おもねら》ず臆せず、きまって顔を出すその若い女流を、私は平素斯う思っていた。流石である、立派だ、上流の娘というものは常々人前などで無闇と羞渋《はにか》まぬものらしい。ものに臆しいたずらに羞渋むというようなのは、ひょっとすると貧乏臭い、下品なことなのかも知れない。

けれども、その夜以来私は、その女流の起居振舞一切、することなすこと俄に下品に見えて、もう、てんでいけなくなった。彼奴のは、羞渋まねえんじゃなく、単に図々しいだけさ、つまり場知らず。紅一点とは、何も褒め言葉と限った訳ではありません。雄ばかりの中の雌一匹、黒っぽい色の中の紅いしみ、それだけじゃあねえか。なんだ、あのハンドバッグの中の矢立は。……

正直なところ、私はそれまで、さのみ太宰贔屓だった訳ではない。女流に太宰治を貶されて俄かに性急に、そうなった、けっして私恨ではない、朗読の失敗は私の地声のせい。それとこれと混同している訳ではなく、小説という作品を、太宰という作家を、遊び半分ちょいと歌俳諧をひねる位の女小児に、嫌い、品がありません、などとやられたのが腹が立ったのである。

以来私は、新聞広告を見、新本古本屋を漁り、手当り次第太宰治を買い込んで読んだ。金の無い時は時計万年筆を入質して、如何に困ろうが、太宰治だけは古本屋に運ばなかった。思えば、妙な意地を張ったものである。ひょっとすると私は窃かに女流を好きだったのかも知れない。

するうち私は、なんとなく太宰治という人に会って見たくなり、いやいや太宰という人は、見識らぬ読者などに軽々しく会うのを厭がる側の人に違いない、と思い直し、その気になればと思う二三の紹介者を頭に泛べ乍ら、つい行かずにしまった。

ところがある偶然な機会から、私は太宰氏に会ったのである。戦も終りに近い年のある夜、私は五反田の河上徹太郎氏邸を訪ね、人並みな身長の私が、見上げる様に背の高い瘠せた人、それにもう一人肥った人を紹介され、前者が思い掛けず太宰氏であり、いま一人はあの「オリンポスの果実」の田中英光氏であった。

多少硬くなって、私は膝をすすめた。この男は、と河上氏が私を指し

「K君。俳人で、且、床屋の名人」

?.という幽かな表情が、狼狽とも羞恥とも困惑ともつかぬそれと共に太宰氏の眉宇にひらめき、私は、やってるやってると思った。主客の前には一升瓶が二本、胴の太い角瓶が一本、それにビール瓶が二三本据えてあり、私に盃が差された。

田中氏は普通のせびろ姿、太宰氏は黒無地のいささか野暮ったい、郵便配達でも着そうな詰襟服で、ひどく猫背にみえた。もっぱら田中氏が談じ、もうその頃は連日連夜の空襲騒ぎで、街の国民酒場という奴さえ姿を消していたから、こうした席で落付き、豊富な酒瓶を並べるだけでも、もうどうにも楽しくて仕様がねえんだ、田中氏はそんな面持であった。芸の皆無な若い妓がお客の間にはさまった様に、つい手もなくニヤニヤしていた私に田中氏が言った。

「太宰さんはね、自分ところの娘さん、それも四ツ五ツの幼児をつかまえてね（君、お行儀が悪い。インブが、それ覗いています。さあかくしましょう、お客さんが困る）なんて言うんです。大変なお父さんです。」

けれども私は、それを可笑しくも不思議にも思わず、太宰治の小説のどこかの頁をひらいている様な気持で、却ってしんみりと聴いていた。御主人も太宰、田中両氏もグイグイと浴びる如く飲んだが、私を除く三人の主客はとろんともしない。忽ちにして一升瓶、続く一升瓶が空になり、更に角瓶に手をそめた頃、先ず最初にやや酔態をみせたのは御主人であった。いつものでんで怪しげな巻舌になり、軀が左右に揺れはじめた。とその時、どうした反跳《はずみ》からか、御主人の手が太宰氏の頰ぺたを、パチンとやった。前後の経緯などというものは無く、それはまったく、ものの反跳というより他ない感じだった。拙い、これは皆んな多少にもしろ酔っている。私は咄嗟に、次に当然起る筈の太宰氏の行動に備え無しと思ったからである。一瞬座が白けた。けれども、ぽこんと其処だけ穴のあいた様に、太宰氏は黙っていた。私にはそれが随分長い時間に思われたけれども、軈て太宰氏は、静かにむしろやさしい声で言った。

て、河上氏を庇おうとした。太宰氏が怒り、田中氏が荷担したら、御主人はひとたまりも無し、と思ったからである。一瞬座が白けた。けれども、ぽこんと其処だけ穴のあいた様に、太宰氏は黙っていた。こころもち顔を俯向きに、ぶたれたところを軽く手でおさえて、黙っていた。私にはそれが随分長い時間に思われたけれども、軈て太宰氏は、静かにむしろやさしい声で言った。

「河上さん、どうして、何故、ぼくをぶったの、ね、なぜ?」

御主人は、眼をすえて、太宰氏の顎のあたり、いや何処を見ているのか解らぬ。残る二人、田中氏か私が、どうしても何か一ト言口にせねばすまぬ羽目に立った。

「太宰さん、いまの、あんたがいけなかった」

田中氏が、これも静かに労わるように言い、それから私に対して、ね、そうでしたね、と苦しそうに笑った。私はなにもお応え出来なかった。いや、口の中では、酔って人をぶつ人は嫌いです、そう言い乍ら、それが声にならぬ程に、どうしたはずみかジーンと眼頭が熱くなり、自分にも説明のつかない一種の感動から、俯向いてしまった。太宰氏は、それから幾度か盃を置くごとに「河上さん、どうして、何故?」と繰返し、じわりじわり河上氏に迫っていたようである。朝までそうして繰返していたかも知れない。

夜半の一時近く、お定まり空襲警報が鳴り出し、私は狼狽《あわ》てて自動車で家に帰った。私は私の街の忠実な防空群長だった。

後日聴くところによると、太宰氏達はその晩、ほとんど徹夜で飲み明したそうである。翌朝田中氏と連れ立って帰った太宰氏は、三四日して再び河上家を訪ね、その折は袴姿で玄関に立ち

「河上さん、この間の晩は、どうしてぼくをぶったの？」

と言い、静かに穏かに、けれどもそのまま座敷へは上らず帰った。という噂、嘘かほんとか知らぬが、そんな噂を耳にし、私は窃かにそれを真実と信じた。一度しか会わない太宰氏よりも、作品の中の太宰氏の方を、私はどうしても贔屓目にするからである。

太宰氏の三鷹町の住居に近く有名な飛行機工場があり、爆弾による空襲は、連日執拗をきわめた。けれどもどうした理由からか、太宰氏はその三鷹町を離れなかった。怖い怖いと嘯きつつ根を据えた様に動こうとしない、そういう噂をハラハラし乍らもたらす知人が幾人かあった。やがて太宰氏が罹災したという噂、疎開先の甲府でもやられ、どうやら郷里の津軽に落付かれたという噂は、終戦後になって耳にした。

太宰氏の戦後の小説、新潮に載った「嘘」にはじまる「男女同権」「親友交歓」「父」「母」「メリークリスマス」「ヴィヨンの妻」「眉山」其の他随想集に到るまで、私は悉く読んだ。同じものを幾度も読み、読むたびに惹付けられ、わけても「父」「ヴィヨンの妻」に心の底まで揺られる思いがした。私には出版社や雑誌の編集員に知人がいて、太宰氏の実生活の面まで折にふれ耳に這入るから、それに私自身それはもうお話にならぬ貧乏（太

宰氏その人は、ちょっとも貧乏をしないが）なので、私は、太宰氏の「父」「ヴィヨンの妻」を通じて、私の妻や子供達の眼に映る「私」を考える、胸の潰れるほどの思いで、考える。

きょうで六日になる。依然太宰氏は行方不明のままだ。上水べりに履物と持物が置かれてあったからといって、死んで了ったと決めることはあるまい。死ぬつもりで家は出たが、途中でフッと気が変り、莫迦莫迦しくなって、こっそり家に帰る。奥さんや子供さん達大喜びだ、それがいい。――私は電車の中、歩きながら、ひとりで呆んやりと考えている。

花籠

石鹸玉《しゃぼんだま》

私達の住んでいるT村から、小田急の駅を小田原方面に向かって二つ先に行くとM町がある。盆暮《ぼんくれ》正月、それに祭礼のある頃、近在の農家の人たちが、買物に映画見に集まる、この辺り唯一の繁華街である。

T村には生の魚つまり鮮魚を商う魚屋が一軒もないので、私の家ではもっぱら魚買いにM町へ出るのだけれども、速達、電報を打つ時にも村の郵便局よりずっと速《はや》いので利用する。

きょう久しぶりに、私は家内をつれてM町に出た。駅員に切符をわたして、あとから来る家内を待っていると、まるで何か呼吸《いき》をはずませるように追いついた彼女が、改札の方を振り返りながら言った。

「ね、あなた、あそこに野球帽をかぶった坊やがいるでしょう。あの子なのよ、ホラ、何時か新聞に出ていた、何《なん》て言ったかしら『鉄道坊や』だった？　ひとりでここから小田原に出て、東海道線に乗り換えて、静岡だったか、名古屋だったか、もっと遠くかも知れない処へ無銭旅行して、駅員に保護されて無事に家に帰ったあの坊やよ。あなた、その新聞読んだでしょう……」

それは、やっと数え年五つ六つの、眼のくりくりした可愛らしい子供だった。改札口の柵にやっと顎がとどいた背伸びの恰好で、熱心に瞳を凝らし発着する電車を見ている風であった。日に幾度となく此処《ここ》に来ているその子の様子が、私にも眼に泛ぶほどに、それは肩をいからし思いつめた真剣な姿だった。

その子供の無心なひとり旅の新聞記事を、私は確かに読んで、無事な子供を抱きとると、きっと泣いたに違いない両親を想像した。

それは一年ほど前の出来事であった。

「ヤケに人手《ひとで》が多いね、時間のせいかね」

と私は妻に訊いた。

「ちがうわよ、旧《きゅう》のお盆を控えてる、そのせいよ。何んかある時でなきゃあ、チンドン屋なんて出ないのよ、こんな街《まち》」

鰻の寝床、といった感じの一本道を、二人は買う気もないショーウインドを覗いてはぶらりぶらり歩いた。暫くゆくと、小さなお稲荷さんの鳥居のわきに蹲んでいるシャボン玉屋が眼にはいった。おあつらいむきなよぼよぼのお爺さんで、ブリキの空カンをひとつ、硝子の小壜と麦わらを差した木箱を肩から釣っている。客に呼びかけるでもなく、ただ黙ってシャボン玉を吹き飛ばしている。

私にとって、それは戦後はじめてのなつかしい風景であった。

皺だらけの口をとがらせて吹くと、無数のこまかい玉になり、やや念入りに、もったいぶって吹くと、ゴム毬ほどの玉にふくらみ、赤い売出しの幟を染めて、パチッと割れて散る。

その時フッと、先刻駅で会った子供のことが泛んだ。そして「神様のシャボン玉」という言葉が泛んだ。

乗り物が好きで、電車から汽車へ丸年で言えば三歳と何ヶ月の子供が、途中の乗り降りも無事に静岡、名古屋まで行けたのは、大人達の濁った眼には見えない虹色の「神様のシャボン玉」が子供の全身をすっかりくるんで、あっちにこっちに運ばれていたのではないかしら、そして、この子供ひとりに限らず高いところからそれを見守っている神様自身ハラハラしながら、やっと両親の手にかえったシャボン玉の子供に、ホッと溜め息ついているのではなかろうかと。

ちくおんき

言わせておけば、自分ひとり貧乏人ヅラしていい気になって、キザな奴だというひとがあるかも知れないが、さりとて金もないのに金のありそうな話も書けぬ。

猛獣映画もだめ、博物館も二重橋も嘘、日米野球戦だってもとうとうお流れだし、安いカメラなら買えるボクの貯金は、去年の夏貸したっきりで親のクセに返してくれない。

——小学六年生の長男のそんなひとり言をわたしはツイ十日ほど前に耳にして、けだるい心持になった。すべてが万事イスカの嘴《はし》のくいちがい、約束の一事も実行できずにすぎていて、フガイない話だったが、それはまあいまに見てやがれ、と、どうやらそっぽむいてすぎた。子供の貯金を使ったのは、その長男が昨年半年結核で寝た時、医者だパスだバターだでツイ手をつけた。

けれども運あって、それら子供の言いなりほうだいになる金がわたしにあったとしたら、ひょっとして、わたくし達親子も二重橋で圧死していたかも知れぬのだ。

わたしは今日新聞で犠牲者山田けい子ちゃんの脳手術、むずかしい致命的な、発狂のおそれすらある手術の成功した話を読んで涙が出て困った。ひとごとのよろこびではなかったのだ。

新年号の「××少年」のフロクにボール紙の組立て写真機が入っていた時も、それを組んでいる長男の手もとを見ていて、正直わたしはイヤアな気持がした、貯金のことを思い出したからである。

きのう半日がかりで、長男がこんどは蓄音機を組立てていた。やはり「××少年」のフロクで、もちろんすべてが、蓄音機も種板（盤のこと）も紙製であり釘を立てて手廻しする仕掛になっている。

夜になって、新宿の飲み屋の主人と建築技師が訪ねてくれた。酒、さかな持参であった。そしてすこし酔った。

「おい、君イ。お客さまに蓄音機をきかせてあげな」と私は長男に命じた。

鼻のつまったような、まるで泣いてるみたいな〝だァいの、おとこのべるんけいわァ〟が、つかえつかえかすかに鳴り出した。

ムッとしたような長男の表情。そしてお客さんはおもいなしかちょっと暗い顔で笑った。

冬　隣

夢に色彩のないというのは嘘だった。

私は夢の中で、夜の公園のような処を歩いていた。四辺りは真っ暗な筈なのに、私の身のまわりだけが、いつもほんのりと明るかった。

不図、馬の匂いがするので、立停ると、その辺の土がびっしょりとぬれているのに気づいた。

「溝を掘ればいいんだ」

私は手にして居た竹の棒で、歩きながら細い溝を切った。すると今までしめっていた土が乾きはじめ、綺麗な水が溝の中を流れだした。

馬の匂いは、その水からするのだと分った。向うから娘が二人歩いて来た。白っぽい浴衣の上に、派手な袷羽織を着て、二人とも素足だった。一人は私の見しらぬ少女であったが、もう一人は、私が十四の時、二十で死んだ姉だった。

私は姉を見て、「なあんだこんなところに居たのか」と思った。

「右だったかしら、左だったかしら?」と、少女が姉に聞いた。

が、姉は黙って、ただ微笑していた。二人はお揃いのアルミのバケツを胸にかかえ、そのバケツからキャベツのようにたたまれたタオルが覗いていた。

「ああ、銭湯へ行くんだな、銭湯なら右へ行くにきまっている」と、私は口の中でつぶやいた。

すれちがった私の後から、少女の声がして、「お姉さん、いまの少年ね、昼間客席にいたのよ。三等席の一番後にいたのを、あたしちゃんと知っていたわ、馬の上なのでよく見えたんだわ、きっと」と云った。

「あんな年ごろの子供は、どんな色のセーターを着ても似合うものなのね」と、それに答える姉の声がした。

姉は、私が竹の棒で溝を掘ったりしたのが、同僚の手前恥ずかしかったのかも知れない――それであんな答えをしたに違いなかった。

気がつくと、私はコバルト色の眼の醒めるようなセーターを着ていた。

天幕を張った小屋掛の前に出た。その天幕の一角が馬小屋になっているのをみた。

栗毛、あお、鹿毛といった馬の並んだ中に、たった一頭だけ真っ白なのがいた。

「なあんだ曲馬団の小屋か」

姉と少女は、ここに働らいているんだな――と思った。

そして、この白馬には姉がのるのだろうか、それともつれの少女がのるのだろうか……

私は少女の方がのるに違いないと思った。

私は「雪」とその白馬を呼んでみた。それから「冬」とまた呼んでみた。

死んだ者は夢の中で口を利かないというのも嘘だった。

おもちゃの象

朝のデパートに這入った。クレヨンと水彩絵具を買い、それから私は、何んとなくオモチャ売場を歩いた。子供を連れないで見歩くオモチャ売場は、子供を連れないで行く動物園に似て、其処には、隠れた大人の世界がある。私はデパートのオモチャ売場を歩くのが好きだ。

朝のオモチャ売場はさすがに閑散としていたが、それでも十人ちかい客がいて、その中に三歳くらいの男の子を連れた若い父親のいるのがフト私の眼をひいた。体格のいい背の高いその父親と、父親のやっと膝しかない可愛らしい男の子との対照が、妙に微笑ましかったのと、それにもうひとつ、その父親がオモチャ売場の前の釣り道具に夢中で、足もとの子供の存在を忘れてでもいる様な、如何にも若い父親らしい無心な様子にひかれたのだった。そしてそんな父親に退屈している男の子の表情も、可愛らしく、いっそ美事だった。

「絵じゃない、映画のひとコマだ」

私は口の中で、思わずそんなことを呟いていた。

男の子が対いのオモチャ売場へ歩いた。そしていきなりオモチャを摑むと、それを通路の床に置いた。車のついた木の象だった。紐がついていた。男の子は紐の先を握ると、また父親のところへ戻った。車のついた象がその後について走った。

若い父親の右手が動いた。後手に無意識に子供の頭を探ぐる手つきだったが、丁度そこに行き着いた男の子の頭に触れると、父親は釣り道具の前を離れて、ゆっくりと歩き出した。男の子と車の象がそのあとをたどたどしく歩いた。私は思わずカッと赧くなった。そして突き上げて来る笑いを耐えた。

男の子が車の象を摑み出したのを私が見ていたように、もちろん女店員もみていた。若い父親と男の子と車の象が歩いている。十秒・二十秒・三十秒といった感じであるが父親は気づかない。

女店員が売場の台を廻って、通路に出て来た。そしてソッと抜き足さし足に親子のあとを追いはじめた。間隔を置いて、態とする抜き足だった。

両側の売場から、

「え？　何、何が始まったの？」

そんな視線が、抜き足の女店員に集まる。彼女は人さし指を床に向けて、それから視線の主達にウインクする。あわてて口を覆う顔、お腹をかかえて蹰みこむ顔、その中を若い父親と男の子と車の象がゆっくりと歩いた。

階段のところで子供を抱き上げようとして、はじめて父親が、車の象と女店員に気づいた。ちょっと呆やりした若い父親の表情が、たちまち羞恥に赧らむと、「や、これはどうも」と頭を搔いた。

「どう致しまして。」女店員も笑い乍ら、叮嚀にお辞儀した。

狂　言

お能というものを友人に誘われて両三度みている。

そしてその度に、私なりに深い感動を受け、あまり夢中でみるために少々大げさな言葉を使えば「やせる思い」がするくらい、見終った後の疲れを覚える。

が、しかし、お能を少しも分っている訳ではない。

この頃東京のデパートで拝観出来る奈良あたりの国宝仏を見たあと、フランスの巨匠たちの油絵展、それから世界的なヴァイオリニストの演奏などきいたあとに感じるのと、ほぼ同様な疲労感なのである。

だから、もし優れた名医の外科手術に立会っても、同じような感動と疲労を覚える類のものであると思う。

能の、絵画の、音楽の知識がある上の知的感動ではなく、猿が、虎やライオンを見た時の本能的な、または感覚的な驚異感とそのやせる思いに近いものかも知れない。

この間、と云っても大分前の話だが、私は「卒塔婆小町」というお能を見た。

例によってすっかり疲れてしまい、あとの「船弁慶」までみる気がしなくなった。

招んでくれた友だちに悪いので能楽堂の廊下をウロウロしていると能の方では何と言うのか知らないが芝居の中幕とでも云った狂言が始まった。

「六地蔵」である、私は目付柱ちかい自分の席に帰ってそれをみた。

「六地蔵」をあつらえに、都に出た田舎者と、仏師と称してその田舎者を騙るインチキ師、その三人の仲間が、舞台いっぱい、笛柱から橋掛りにかけて、さわぎ廻る寸劇であるが、その時私の気付いたこと、不思議に感じたことは、それをみていた観客の笑いの性質であった。

爆笑、快笑、失笑、噴出しわらい、そのどの笑いにも属さない、しいて云えば巧み笑い、お世辞笑いに似た、力ない笑いが座席のほんの五六人の間で起ったことである。

私は「六地蔵」を見ると、そのまま外に出たが、しかし歩きながら考えた。

昔、何の某という殿様が、興のおもむくまま、能狂言師を招き寄せ、殿中の舞台でそれを観る。

正面白州にかまえた殿様の周囲には家老以下、家臣が居ならぶ中に、文金高島田、そろいの矢がすりにタテ矢の字に帯を結んだ腰元たちが、一応つつましくひかえている。「卒塔婆小町」では、少々退屈した彼女たちもおそらく「六地蔵」では、眼引き袖引き、腹をよじって笑いをこらえただろうと、木の葉が動いてもおかしい年頃の彼女たちが想像されて、私はあるきながら、はじめてふき出してしまった。

映画も、漫才も、落語もしらない彼女たちは、ほとんど抱腹絶倒のおもいで、ついつつましさを忘れ、鏡山の岩藤もどきの老女から「ちと、つつしみや」とか何とか、お小言を喰ったかもしれない——と、そんなことまで空想して、またおかしくなった。

接　吻

この間、ある俳句会の席で接吻の句が問題になった。句稿が廻って来た時、私もその句を採らなかったが、それは、その「公園の様な処で、他人の接吻を見て作ったらしい」俳句そのものがツマらなかったからであるが、合評の時問題になったのは、男女の接吻そのもの、人眼も憚からずそういう事をやらかす現代の世相を、小説ならいざ知らず俳句に詠うのがドダイ無理だと、同席者の非難を浴びたのであった。日本の映画がこの頃無闇とやらかす露わな接吻の場面ですら、一つだって美しい奴があったか——などと、映画の接吻論まで飛び出す始末で、結極その俳句はボツにされてしまった。

けれども当の作者は、そうした非難を甚だ不満としていたようであった。「思いつめた者同志のひたむきな姿、不潔感など聊かも感じないほんとうに美しい情景だったのだ。俳句に詠んで悪い筈はない」と彼は句会が終った後まで、残念そうに独りごちていたほどだった。そして実は私も、内心その作者に同情していたのであった。と言うのは、私も戦後随分見せつけられた現実の厭らしい接吻の中でたった一度だけ、明るくいっそ清々しいとさえ言いたい接吻の場面を見ていたからであった。

もう四五年になるか、それは鎌倉の江ノ電の中の出来事だった。真夏の昼下りのこと、鎌倉駅を出た江ノ電には、その時五六人の客しか乗っていなかったが、私の隣りに六十を少し越した老紳士とその夫人が坐っていた。乗って来る時からお互いに労り合い、時々静かに和やかに話し合っていた。二人の上品な容貌、眼立たないが贅を凝らした服装など呆やり眺め乍ら、私は「仲のいい老夫婦っていいものだなア」としみじみ思った。

何時の間にか長谷駅を過ぎた電車が、その時急にトンネルに這入った。が、どうした訳かトンネルで灯る筈の電灯が一つも点かないまま、すぐと鼻をつままれても分らない真ッ暗闇になった。とその時隣席の老紳士がそっと夫人を抱いて、ひっそりと短い接吻をしたのである。それはトンネルの出口の遠いところの、あの馬蹄形の光背の中で、おそらく私だけが見てしまった接吻のシルエットだった。そうして私がハッとした時には、もう電車はトンネルを出ていた。老紳士のちょっと取りすました顔、夫人は俯視いたままの、シュンとする様な一瞬だった。

接吻の句の作者の主張が、同席者に認められなかった様に、私の見た老夫婦の接吻も他人は厭らしいものとするかも知れないと思い、私はその作者に同情したのであるが、私の見た接吻の話も、その時その作者には話さなかった。

山口誓子の古い句に

　はたはたや妹が唇すふ山の径

というのがあるが、こんな温和な句ですら当時ホトトギスへの投稿を遠慮し、後に自選作品として句集に入れたという伝説がある。戦後の人権解放につれて、全国数百種におよぶ俳句雑誌に、調べてみたらどれくらい接吻の句があるか知れないが、やっぱり文学的作品として後世残るような代物は案外少いのではないだろうか。

この頃はどうか、つい一二年前までスキヤ橋上、日比谷公園、その他至る処でアメリカの兵隊どもが、如何にも野ばん人らしくこれみよがしの恰好で、パンパン娘に接吻する図をみかけたが、あれなんかはとうてい俳句に詠いたい食指の動くしろものではなかった。と、考えてくると、上述のトンネル内の老夫婦の接吻談も、やはり独りでそっと胸のなかに蔵って置くものなのか。

鴉

朝八時四十五分駅発の小田急に駆け込むと、必ず乗り合わせる少女がいる。つい朝の遅い私は、一週に一、二度しかその少女と会わないが、すでに三、四年の顔馴染なのである。

「小父さま、お早うございます」

「や、お早う」

都内のあるミッション・スクールに通学している彼女と、夜の遅い私とはめったに帰途を共にする折はなかったけれど、ついこの間珍らしく一緒の電車になった。その夜、何か嬉しいことでもあったのか、彼女は少し浮き浮きとはずんだ調子で、お喋舌りした。

「小父さまの村に、たった一軒ある自転車屋ごぞんじでしょ。そのお店で鴉を飼っているの知ってる？　赤んぼの時、木の枝から落ちたのを拾って来て、自転車屋の御主人が育てた鴉なの。すっかり馴れてお米の御飯も食べるし、お魚や佃煮も平気で食べるんですって、齢は幾つかわたくし知らないけれど御主人の仰言るのには、もう青年なんですって、フフフ」

「青年って、彼なのか、彼女なのかね？」

少しお酒のはいっていた私は、つまらぬことを聞いた。

「そんなこと知らないッ。けども、朝早く起きて、その鴉、お店の戸の開くのを待ってそれから外へとび出すんですって。それでね、この頃は夕方うす暗くなるまで帰って来ないのですって。自転車屋の御主人、夜遊びするんだってコボしているのよ。小父さま夜遊びって何に？」

「夜遊びね、ウム、そりゃ君だって、時にはお友達と映画や歌劇観に行って、少し帰りが遅くなることがあるだろう。その少し遅くなることさ、夜遊びって……」

「そうお、小父さま一度その鴉見に行ってごらんなさい。可愛いいのよ、とっても。犬とおんなじに、知らない人がお店へ這入って来ると、ほえるかわりに怒って足を嚙むんですって、可笑しいでしょ」

少女の話を聞いてから、その鴉が何んとなく気になった。少女には言えないことだが、その鴉が彼か彼女か知る由もなかったが自然の摂理から異性を求めての、それが少女の言う夜遊びのように思われて哀れだった。

そしてきのうの夕方のことである。私は机の前を離れ、何時もの疲れた時の散歩に家を出た。村道を歩き、田畑の畦をわたり、そして私の好きな小高い丘の櫟林に踏み入り乍ら、フト何気なく空を仰いだ時、そこにネグラを急ぐ鴉の群を見たのであった。そしてその、三三、五五低く高くタワタワと飛んでいる群の中に、離れては近寄り、近寄っては離れして、なにか落ちつかない一羽の鴉を見とめたのであった。おや？　と思った。それは仲間はずれの、近寄るたびにクチバシで突つかれ、いじめられして、そのため何か焦って見える一羽だったのである。

私はとっさに、それを自転車屋の鴉だと思い、私自身そうであってほしい、と思った。彼か彼女かは知らぬが、野鴉の群の中に好きな相手をさがし得て、ああして跡追っている。けれども、人間の餌を食べ、人の家に育った自転車屋の鴉は、私達人間の世界にもある異端者なのだろう。仲間入りも許されず、恋も出来ない鴉……。

暮れがたの、だからかえって眼に痛いほど明るい空の中で、いやにはっきり、その鴉の悲しさが胸にこたえた。

椿　の　花

僅か、この一ト月の間だけでも、私はその童女に幾度びか会っている。水の涸れた堰の上に一人でぼんやりと立っている姿。木立に囲まれた狭い墓地の、その童女の身のまわりだけにぽっかりと陽の当った地べたに坐って、膝いっぱい椿の花を抱えこんだ坐像。二三羽のカラスのあとに従いて、ひょこひょこと歩いている無心な様子。かと思うと、畦道を夢中で走っている、いまにも泣きだしそうな――だから、なまじい声も掛けられない真剣な顔。そして墓地の椿の木の下では二度会っていた。

「ツバキ、拾ってるの、幾つ拾ったの」

「ええ、四ツ」

膝の椿の花は、けれども十ほどもあった。童女の言う四ツは、その子の齢なのかも知れぬと思った。あかっちゃけて埃っぽい髪の毛、木綿縞の着物にちゃんちゃんこを着、モンペをはいて、寒中も素足に藁草履だった。そして私が見かける時のその童女は、いつも孤りぼっちで遊び仲間と一緒のことがなかった。

四五日前のことである。

夕飯のお惣菜を買いに、駅前まで出向いた筈の家内が、二三時間もたってそろそろ暗くなる頃に戻って来た。

「おそかったじゃないか、どうしたんだい」

「ええ、途中で炭がなくなってるのに気がついたもんですから、いつも分けて頂く農家に寄っていたんです。そしたら、そこのお孫さんが迷子、いえお昼頃から遊びに出たまま、こんな時間になっても帰らないって、大騒なの。ご近所のひとも心配して、これから手分けして、山の方を探すって――それが私もよく知ってるとても可愛いい女の子なのよ」

「幾つくらいの子だ」

「さあ、数え齢で四ツと聞いたけども、二歳と何ヶ月っていうんでしょうね、お母さん、狂人みたいになっていたわ……無理ないわ」

私はフッと、何時もひとりぼっちで遊んでいる童女を思い泛べ、家内に訊いてみようとして、また口をつぐんでしまった。その子かも知れない――と言われそうで、厭だったからだ。

その晩、おそくまで書きものをしていた私は、時々その童女のことを呆やりと考えていた。木綿縞の着物、モンペ、擦り切れた手製の藁草履が眼先にちらつき、膝いっぱい抱えこんだ椿の花の紅さが眼に泛んで困った。

あくる日、昼近く眼を覚した私は大急ぎで家を出ると、駅までの墓地を抜ける近道をえらび、櫟林の丘を登って行った。と、いつも孤りぼっちの赤っ茶けた髪の頰の紅い童女がいつもの墓地にいたのだ。

ぽっかりと陽の当った地べたに坐って、膝にいっぱい椿の花を抱えて、それはもういっそ拝みたいような姿で――。電車の来る時刻に二三分しかなかった。童女に声を掛けているいとまもなく私は駆け足だった。

うしろを振返ってみようとしたが、私は無理にやめた。振り返ると、童女も紅い椿の花もフッと消えているような気がしたからである。

蜉《かげ》蝣《ろう》

身も心もバラバラに氷結するような、それでいてまた俄かにゲラゲラ笑い出したくなるような、あの終戦の御詔勅をラジオで聴いた日から、丁度十日目の夕刻のことでした。私は間借り先の、庭に面した縁側にいて、ひとり足の爪を切っていました。血の気のない薄く反りかえった爪には、粗い縦皺が幾筋もはしり、切りながら、足の爪らしい手応えがまるでないのでした。

「修三さん、どうしたのかしら?」

背後で妻の声がしました。いつの間に外から帰ったのかいきなりポツンとそう言い、私は思わずギクッとしました。たったいま、やはり弟の修三のことを考えていたからでした。この私達のいる長屋の界隈にも、きのうきょう一人二人の復員者の姿を見かけました。修三が内地の飛行基地にいて、どうやら無事らしいとは判っていましたが、もう十日も経っているのにどうして還らないのか、——妻はそれを言うのですが、私は花火を見ていました。ばさばさとただ生い茂っているだけで何の風情もない庭木の八ツ手の裾に、黒っぽい布のような夕闇が漂い、その中へ力なくひょいひょいと跳ねては消える白い爪からの、妙な連想かも知れません。眼の先に、小さな花火の毬を描き、そのむこうにぼんやりと、修三の顔を思い泛べていました。

二年前、それは九段の坂上から遥か隅田川あたりの方角に見た花火でした。真ッ青に澄みきった夜空に、遠く音のしない花火のひらくさまも、その時へんに印象的でしたが、それよりも、修三が抱いていた私の三歳になる長男を揺すりあげて「ホラ、見てごらん。花火、花火」と言った声、それに釣られるように「アーラほんと、綺麗だこと」と傍にいた母までが、およその場の気分にそぐわない奇矯な声をあげた……その時の花火。

当時修三は、それこそもう、手のつけようのない不良だったのです。私どもの家を何度飛び出たか、その時もある軍需工場の寮にいて、のべつ欠勤する、刃物など持って喧嘩はする、会社の工具類を盗み出して売りとばす、といった具合で、寮もそういう連中ばかり集めた特殊な処のようであり、中に三人の札つきがいて、修三はその一人だったのです。寮の天井板を剝ぎ、襖を敲き折ってそれを焚木にしたという廉で、ある日寮長と自称する、修三より二つ三つ年嵩な二十五六の男が私を訪ねて来ました。

「あたしも、たいていの事は大目にみているんですがね、今度ばかしは、どうもね……会社側にすっかりバレちゃいましたし、何せ、工場には憲兵も張り込んでいましてね」

といった調子で、修三をもう一度自宅から通勤させ、責任をもって本人の素行を監視してくれ、となかば喝し文句でいうのでした。丁度火鉢を置く時分のことで、可笑しな話ですが手を翳す寮長の菜っぱ服の袖口から、チラチラと刺青の端が覗いて見え、こんな男の、どこに寮長ヅラがあるかと、普段は気の弱い私もさすがに莫迦莫迦しく、腹が立って、「あんたのそれ、なかなか立派ですね」と、つい皮肉に言ってやりました。けれども相手はそれを匿そうとしないどころか、却って菜っぱ服の袖を捲りあげ、まだほんの筋彫りだけの、何やらわけの判らぬ動物の片脚みたいなものを私の鼻先に示し、つまらぬお喋《しゃ》舌《べり》を小一時間もして、その男は帰りました。そうして入れ替りに、修三が這入って来ました。ひどくうち沈んだ様子で、五尺六寸の大男がしょんぼり両手をつき、どこかその辺の電柱の蔭にでも立っていたらしい、寒さに怯えきった顔つきでした。薄での仕事衣の下に夏シャツらしいシャツを一枚、文字通り尾羽打ち枯らした恰好で、私はそんな修三を正視できず、けれども一方では、なにか筋書き通りに事の運んだ安堵の色、神妙の偽装を修三のうえに見ていました。傍の母親も一ト役買っているに違いない……。

「ね、いいね、もう金輪際やらない、明日ッから真面目に働くと約束してお呉れだね」

そんなおきまりより母にも言葉がなく、揚句が、九段行きとなったのでした。新しい趣向でした、ありったけの老婆の智慧を絞ったものに違いない……九段には、その頃既に修三の小学校の先生が祀られていました。

「どうしても悔悛する自信がなかったら、あたしにも兄さんにもかまわず、途中から電車を降りてお呉れ、その時こそわたしは諦めましょう。けども、いったんあの鳥居をくぐったら、もう幾らお前でも、先生の英霊にはまさか嘘は吐けまいからね」

母と修三、それから私は長男を抱いて、都電に乗りました。修三は私よりも二寸ほど上背が高く、円く大きな鼻を車窓にむけて、まるで気のない顔をしていました。私は、修三が途中の停留所で、フッと姿を消してくれるのをその時本気でねがいました。

神殿の灯に映えて、扉の、彫のふかい御紋章が大きく眼の前にありました。それをチラッと見た修三は、すぐと視線をそらして俯向き、その時、それまで私達の前に立っていた母親が、急に、ぺたりと敷石の上にくず折れるのを、私は何んの感動もなくただ突っ立って見ておりました。そうして三人が三人、お互に瞞《だま》しあいのかたちで九段の坂上まで来ると、思いがけない花火をみたのでした。

九段から帰った晩、それから翌晩と二日家にいただけで、もう三日目には修三は姿を消しました。錠をかけた筈のタンスが開いていて、私の服が無くなっていました。

修三に召集が来たのはその後半年もしてからですが、江東の方の、飲み屋とも喫茶店ともつかない白粉くさい女の部屋で、私はその令状を修三に渡しました。

爪を切り了えて何気なく顔をあげるのと、庭口からスッと人影が這入ってくるのと、ほとんど同時でした。

「ただ今還りました」

と言って、それから、このたびは詢《まこと》に申訳ありません、と声をおとし、靴の踵を合せる室内敬礼をしたのは、まぎれもない修三だったのです。噂をすれば影――と私は口の中で窃《そ》っと呟いてみて、それから自分乍ら途轍もない、莫迦でかい声をあげていました。

「やあ――帰った帰った。御苦労でした、無事でよかった。いやどうも、いろいろと大変だったたねえ」

それまで点け忘れていた部屋の明りをつけ、妻が大あわてにあわてている間に、修三は座敷に上り六畳の隅に畏まって、もの珍しそうに辺りを見廻していました。

その日の朝品川駅に着いた修三は、S区のMという町（私達がそこで戦火に焼かれた町）の焼跡を訪ね、それからそれと私達の転居先を尋ね歩いて、やっと此所へ辿り着いたという、修三はラシャ地上下続きの立派な飛行服を着て、その上、どういうつもりか白い絹マフラーまで丁寧に巻きつけ、額に玉の汗を噴いて、出征する頃とはそれはもう問題にならぬくらい肥って、元気でした。

――修三は終戦の日の十日前から、本州と台湾の中間にある或る孤島へ特攻機整備のため派遣されていて、そこであの御詔勅を拝したのだけれど、二日間の逡巡の結果、すんでのことに、修三ひとり置き去りにされるところを、それこそ喧嘩ずくで飛行機に齧りつくと、暗夜の海上を逃げ戻った。しかしさて、自分らの基地近く飛翔してみたが、そこも既に米軍の占領下にあるような気がして、また機首を翻し十里ほど離れた陸近い水辺に機首もろとも突込む、附近の農家に身を潜める、といった具合で。……それはもう七転八倒の揚句、実はまだ倖いに異状のなかった自分らの基地に辿り着いたのであった。そうしてその時、きのうまであれほど山積されていた物資、食糧衣服その他いっさいの軍の物資が、どこにどう処分されたのか、跡形もなく消失していた。修三はようやく東京まで帰る五日分の食糧、毛布一枚、それだけを残務整理に残っていた将校の一人から貰うことができた。——

と、そんな話を聴きながら、もしその時修三が島に残されていたら、米軍の上陸とともに殺されていて、いま頃は死骸もわからないで——と私達夫婦は真面目に話し合いました。事実修三は、長屋のひと達に見たような復員の荷物を、何一つ持っていません。出征のとき持たしてやった日ノ丸の旗に、二タ袋の乾パン、五合に足りない米を包み、それに前述の毛布。修三はそれを気に病み、私達に肩身の狭い口振りで言うのでした。

「汽車の中で、途中ぞくぞく乗込む自分達と同じ復員兵をみると、みんな凄いほどの荷物を持っています。どうもおかしいと思い、そういう一人を捕えて訊いてみると、どうやら自分らは瞞されていた、どさくさ紛れにさんざんうまい汁を吸われた後、自分らは毛布一枚で追い帰されたことが判りました。これも車中の話ですが、軍曹の一人で、多寡が軍曹の階級でです、米三俵のほか何やかや満載した軍のトラックぐるみ、自宅に運んだ奴がいたそうです」

まるで実感のともなわぬ、夢のような話としか私達には聴けませんでした。いったい日本の軍にそんな余剰の物資があったのだろうか、ほんとうかしら、軍曹の持ち帰った三俵の米とは、どれくらいの量があるのかしら、私達は、この数ヶ月大豆ばかり食べているので、その配給量と家族の頭数を睨み合せ、茹る、炒る、ご汁の三つしか方法がないので、大豆というものはもともと栄養価の高いものだそうだけれども、下痢する方につい忙しくて、それで足の爪にまで栄養不足の兆候がハッキリ現れている。修三の話は、言訳のための誇張に過ぎまい。長屋の復員兵が少々大きな荷物を持ち帰ったのも、物の比較的豊富な部隊にいた偶然にすぎまい。

「生きて無事に還れただけで、沢山だよ。生じっか、お米の五升や七升持って来られないで助かった。四人家族でそいつを幾日喰えると思う？　あとはまた大豆だ。それよりこの先何が来るか、何も来なくなるか、その方が問題だ」

と私は修三を慰め顔に、いや無意識のうちにもしろ、一種の予防線を張るみたいな言葉を、つい口にしていました。

その晩私達は、修三の持ち帰った五合の米をいっぺんに炊いて、久し振りに豪せいな食事をしました。

翌朝私が眼を覚したときには、修三の寝床は空でした。その年の五月、亡父の代から五十年ちかく住み着いていたM町で戦災にあい、転々と一時しのぎに居を変えながら、三度び目に移ったのが、このU区の内ほんの一部分焼け残った長屋なのでした。同じ都内にあっても、それまでついぞ足を踏み入れたこともない、私達には未知の土地だったのです。その辺を散歩でもして来たらしい修三が、その時庭口から這入ってきて
「ここの一劃、随分際どい助かり方をしているんですね。裏の小高い墓地まで行ってみましたが、土塀の向うに校舎みたいなものがあって、兵隊がいましたが？」
と妻に訊き、妻が、ああれはねと言って、アサヒ部隊だったかしら、なんでも輸送を専門にする部隊——とそんな風に応えますと
「ほう、アレ旭部隊ですか、へー旭ねえ」
そうか旭だったのか……といった、えらく思いいれのてい、で何か暫く考えこんでいる様子でした。

朝ご飯の時、昨夜宣言して置いた通りの大豆ばかりが丼に盛られると、修三はそれを不思議そうに箸の先に撮《つま》んでみて、やはり不味そうに口へ運び、五歳になる長男は一ト匙し

やくっただけで、もう、ゲッと嘔吐気《はきけ》をもよおし、夫婦はそれを見てみない振りでいました。

修三は長男を連れて昼からまた、ぶらっと外に出ました。長い間の習慣とはいえ、あまり几帳面すぎると思うほど、飛行服の腋の下の皺までいちいち正し、戦闘帽、半長靴をキチッと、どこか取りすました顔で出て行きました。

それから二三時間も経ったかと思われる頃、二人が帰って来ました。修三はテント地の大風呂敷包を海老のようになって背負い、手に一升壜を、片方に長男の手をひいてチビはひどく御機嫌の態で。

修三が解く風呂敷包からは毛布、そのまた中から米・乾パン・砂糖・味噌・魚肉類の缶詰・タバコ・菓子・地下足袋・木綿糸などがぞくぞくと出てきました。一升壜には醬油がいっぱい詰っていて、私達夫婦はもう声も出ない始末でした。

「そこの部隊へ行って、ちょっと貰って来ました。なに、たいしたことではありません、貸しのあったのを返して貰ったまでです。銀行の支店に預けたヤツを、本店から引出した……そんなところです。旭というのは兵站部のでかい奴で、いま頃行ってもこんな物資をごそっと持っているんですから。それより、今晩兄さんの大好物が届きます、……酒かウイスキーかどっちかが届く筈です」と、得意なために却って糞真面目な表情で、修三が言うのでした。

そうしてほんとうに、夜になって兵隊が二人修三を訪ねて来ました。

「毛野大尉殿のお住居は、こちらでありますか」

襟章をはずしているので階級は判りませんが、見たところ、修三よりずっと年長の古参兵に違いなく、洋袴を窮屈そうに伸びあがる形で、私達の前に坐りました。

「奥さんも坊ちゃんも、お父さんがお還りになって、よかったですなア」

と言葉に東北の訛りのある兵隊が、妻とそれから修三を見較べる様にして言いました。妻はしどろもどろになり、顔に火のつく思いで、そっと長男を襖の外に連れ出し、私はこの家の家族には無関係な人間にされていました。見ると修三もさすがに顔色なく、薬の利き過ぎた後悔か、それとも最後のそれが戦術のつもりなのか、終始ブスッと押し黙ったまま、ときどき泣き笑いにちかい薄笑いを漏らして、掌で額のあたりをヤケに擦っていました。

見ず知らずの兵隊同志でした、はじめっから彼等の間にこれと言った話題のあろう筈はなく、二人の古参兵は退屈して間もなく帰りましたが、新聞紙にくるんだウイスキーの壜が二本、その時二人の立った跡にソッと置かれてありました。

「あの人達、これを一緒に飲むつもりではなかったの？……」

と私は修三に訊いて、その貴重品にそっと手を触れてみましたが、修三も曖昧な返事をするだけで、妙に不機嫌な取りつく島のない表情でいました。

私の長男を自分の子供に仕立てて部隊に行き、泣きおとしか威嚇か多分泣きおとしの手で、昼間、あれだけの物資を獲得したに違いないことは私にも凡そ想像がつく、けれども夜の酒は、このウイスキーはいったいどうした訳のものなのだろうか、修三はどんな心算りで大尉に化けたのだろうか。敗戦の今日、軍と名のつくいっさいが消滅したいま、大尉とヒラの兵隊とは何んなのだろうか、しかし私は確かにその時、自分の眼で大尉と一古参兵の階級のひらきを見たのでした。私は不思議な心持がすると一緒に、いま帰って行った二人の古参兵が訳もなく美しい人達に見え、そうして修三、それから私達までが何かひどく薄汚く、みじめな者に思われてなりませんでした。

私はこれを、修三の帰還後の最初の「悪」だなどと思いたくはありません。修三の大見栄もあり、軍への反感も幾分かあったのでしょうが、大部分は私達夫婦親子を喜ばせたい、修三の必死のサービスだったのを、私もよく承知しております。けれども矢張りいけない、というのは、その晩遅く妻がウイスキーのことを言い出し私と修三に寝酒にどうかと訊きました。私は飲みたかったのです、戦争この方酒らしい酒なんてまるで飲んでいなかった私は、実は妻に言われる前に、自分でそれを言おうとしていたのですが、どうした訳か「飲みたくない、明日にしよう……」とつい口走っていました。

「自分も、いりません」と言って、修三はちょっと私の方を窺うようにして、それから小さな声で妻に「嫂さん、あれ売っちゃいましょうか」と、弱々しく、はにかむように顔を赧くしました。

それから翌日、こんなことがありました。修三も私も妻も縁側にいる時のこと、近所のお主婦さんが庭口から這入って来て、配給物のことか何か話したあとで、手提袋から木綿糸を一把つまみ出して妻に示しました。

「どう、こんな糸があそこの肉屋さんにあったわよ」

「まあ素晴しい、これ純綿じゃないの、あたしもほしいわ」

お主婦さんと妻の、それはなんでもない会話でしたのに、私はギクッとしました。修三の持って来た純綿の糸が、それこそ、腐るほどあったからでした。妻もそれを意識すればこそ、かえって口を突いて出た言葉に違いありません。スッと立って、修三が外へ出てゆき、私はあの時、二人の古参兵が帰ったあとで、どうしてあんな心にもない虚勢をはったものだろうか？

「ワッ！　すげえ、修三の大戦果」

とでも言って、もし私がそのお手柄に拍手喝采していたなら、修三はたちまち得意満面

「兄さん、さっそく乾盃、といこう」と浮足だち「では、あたし缶詰を切る、どれにしましょう、鮭？　お肉？」妻も思わず眉をひらいて、甲高い調子になる、私もきっと「シ

ッ！　者ども、声が高い」などとお道化を言ったりして、同時に三人のしのび笑い——とそんなことで、なんでもなく済んでいた筈だったと思い、後悔とも自己嫌悪ともつかない、厭な心持がするのでした。

私は不良だった戦前の修三を忘れたい、すっかり忘れて、まったく白紙な気持で修三の帰還を待ちたいと念じていました。けれどもやはり、あの日、縁側にいて爪を切り乍ら、幻覚の花火を見ながら修三を迎えた瞬間に、不吉な予感の掠めるのをどうしようもなかったのでした。

戦に負けると陽気まで狂うものかしら、とその頃誰かが言っていたように、暑い盛りの八月と思えない、いや暑いといえばむしょうに暑く、また幾日か、まるっきり暑さなど忘れて、私達は終戦後の一ト月を夢中で過して了いました。修三はその間十日ほど、山形県の山村に疎開したままの母を訪ね、帰ってからはいっそう無口になり、どこか浮かぬ顔で朝家を出ては昼帰り、昼出ては夜帰り、泊ることなどもあったりして、そんな時はきまって、戦友や特攻隊員の遺族を見舞って来たような話をする。時にはそれを証拠のようにカボチャ・ジャガ芋の類を土産だと提げて来たりしました。そうしてそんな日が、かれこれ半月も続いた或る日のこと、朝ふらっと出た修三が、夜になっても、翌日も翌々日も帰らず、私達夫婦はそれを口にするのが不安で、おたがいに言い出すのを待ち合っているように、それでも明日は帰るだろう、明日こそはと、つい四日五日と日を過ごし、私はとうとう怺えきれなくなって妻に尋ねました。

「修三の奴、お前には何か言って出たのだろう。いくら莫迦だって何んにも言い置かずに五日も六日もほっつき歩いている訳はない。思い出してみろ、何か言ってただろう」

「別に、これといって……いえ、言ってたことは言ってたのですけれど……」

ただ、お金のことがあるので、つい言いそびれていたと、妻は半分泣き顔になって、

「修三さん、横須賀へ行くといって、あなたの煙草を買ってくる、東京だと二十円するアチラの煙草が横須賀だと十円で買える、煙草が無くて、あんな風に焦々して、嫂さんやチビ公にまで当り散らしてるのが見ていられない、そう言って、三百円ほどあたしから……」

「ざまあみろ、バカ野郎」

思わず妻を呶鳴りつけました。が考えてみると私の煙草好きはその頃、一種気狂いじみてひどいものでした。その頃にもあの頃にも煙草が自由に手にはいらなくなった戦争中から、煙草屋の行列には夜中の一時二時に妻を立たせ、明方には交代に母をやり、寒さ、降雨といえども平気で、私はお面を被ったように無表情をよそおって煙草買いをやらしました。だからその時自分で無意識に「ざまあみろ」と口走りながら、それがまるで木霊《こだま》のよ

うに自分の胸に響き返ってくるのを、どうしようもない気持でした。

翌朝私は暗いうちに家を出て、都電に乗り省線に乗り、途中無我夢中で横須賀駅に降りると、すぐ眼についた巡査の一人に警察署の道順を訊き、もうてっきり修三が留置所にほうり込まれているとしか、むしろそれを祈りたい気持で、間もなく署の刑事部屋の扉を敲きました。私は正直に事情を述べ、復員したばかりである毛野修三というこれこれの人相、服装の男がいないかを尋ねてみましたが、一ト通り帳簿に眼を通した係りの刑事は、煙草の違反で三十人ほど留置しているが、そんな妙な名の奴はいない、と言います。私は軀中の力という力がいっぺんに抜けていくような、足が地に着かない思いで刑事部屋を出ようとして、フト「変名」という、あとで考えたらまるでもう当りまえなことを、その時は新鮮な、途轍もない自分だけの機智の閃きでもあるように思い浮べ、そうして俄に阿呆くさく見える刑事を促すようにして、私は留置場の鉄格子の前に立ちました。けれども、やはり修三の姿は見当りませんでした。

間違いがあったに違いない。間違って、どうにかされて、そのままフッとこの世から姿を消したって、おかしくもどうもない——今はそんな世の中なのだ。人間どころか、前の晩まで牛小屋の中にちゃんと繋いであった牛でさえ、あの巨大なずうたいをした奴でさえ一ト晩のうちに、飼主の知らぬ間に、皮を剝がれ骨にされ、皮も肉もそっくり盗み去られて行方も知れない、そんな話はこの頃ざらに聴くことだ。まして意志の自由のまま、何処をどう歩くか判らぬ人間が、出先に待ちかまえているほんの偶然から、どのような惨事にぶつかろうと不思議はない。言葉の通じない誤解。修三の着ていた飛行服への反感、無礼打ち。私は留置場の暗い廊下で激しく人の肩に突当り、外に出て、それから駅の方角に向いて、ぼんやりとただ歩きました。

八方手を尽す――その手がかりがなかったのです。私の知りあいも修三の友達もほとんど悉く戦火に焼かれて、転居先が知れないのでした。私の友達でよく修三を可愛がって呉れていた、作家の塚本をその時もフッと頭に浮べてみました。いまはそこが最後の望みだと思う母の疎開先も、問合せて、もしいなかったら――と思えば、かえって躊躇されました。夜、雨戸がコトリと鳴っても、私達夫婦はハッとして眼を覚し、聴耳をたて、昼間はぼんやりとただ修三の帰宅を待ちました。思うまいとしても、いつか死骸を待ってるような、胸苦しく空虚な思いに沈んでいました。

或る日私は、久しぶりに京橋まで出ました。終戦の日まで私が勤めていた組合事務所へ、その月の給料を貰うためにでした。軍関係の建築工事請負業者、といっても下請のまた下請業者たちによって設立されたその組合は、終戦とともに解散していましたが、同時に都市復興事業の団体として転換の可能を見越すといった虫のいい考えから、一時休業状態のまま、私達数人の事務員が安い給料で残されていたのでした。

会計係の老人から給料袋を貰い、無駄話などして、其処を出た私は人混みに揉まれ乍ら日本橋の方へ歩きました。そうして確か、明治屋ビルの前あたりだったと思いますが、バッタリ倉田さんの奥さんに会ったのでした。倉田さんはやはり私達と同様、家の焼け墜ちるまでM町にいて、別れ別れに避難して、会うのはその時以来だったのです。「まあ……」といったままもう涙ぐんでしまう、そんな五十年配の未亡人でしたが、僅か見ない間に十も老けて見え、並んで歩きながら、厭でもその後のM町の様子などに話が触れる、すると倉田さんは急に明るい顔になって

「それはそうと、修三ちゃん、御無事でお還りになって、ようございましたわね、そうしてあんなに、お偉くなって……」

と言ったので、私は思わず咳き込むように訊き返しました。

「え？　修三に、どこかで会いましたか」

まだほんの子供の時分から修三を知っている倉田さんだったので、そこで私は包まずに失踪の顚末を告げました。

「そうでしたの、それでは修三ちゃんには、かえってお悪かったかも知れませんけど

……」

と言って、修三ちゃんはM町の駅前で、露天商をしている。別に悪いことをしているのではない、立派なお仕事だと思うものの、さて声をお掛けしようとしてやはり躊躇われて、一しょ懸命なお元気な姿だけ見て通りすぎている、というのでした。迂闊でしたが、それまで私達はM町のことをすっかり忘れていました。いえ、忘れたとただ言っては嘘になる、忘れたくて無理に眼を叛けていました。直撃を受け一瞬にして家財を失い、それこそやっとの思いで命だけ助かった私達には、もう二度と自分の家の焼跡など見たい気持は起きません。M町の名を口にするのさえ、私達夫婦はたがいに憚るものがありました。

倉田さんに別れると、私はその足ですぐにも修三のいるM町へ行ってみようとしたのでしたが、ふと思い直して、その日はそのまま家に帰りました。修三の居処の知れた心の弾みから、却って直ぐに会って了うのが惜しまれる妙な心理からでもあり、会う時のこちらの気構えの用意もほしかったのと、それに何んといっても修三自身持ち出した金に拘泥っているに違いない――そんなこんなを思うとつい出足が鈍ったわけです。蛇足ですが、その頃の三百円の金は、私の三月分の給料に相当していました。

翌日私は外濠を迂回する都電に乗り、態々長い時間かかってM町へ修三の様子を見に出かけました。なるべく何んでもない出会いをよそおいたいと、あれやこれや手を按じながら、けれどもその日、露天商の並んでいる駅前ではなくて、其処を少し離れた電車通りの「白桃グリル」で私は修三の姿を見つけました。と、私の顔をみて急に修三は逃げました。それまで威勢のいい、啖呵でもきるような話のやりとりを俄に断って、椅子を飛び越し狼狽てふためき、奥のカウンターの潜り戸の内へもぐり込もうとして、戸が開かなくて、さすがにそんな恰好が自分でも莫迦莫迦しく思われたのか、こちらを向いてニヤッと笑う、といった始末で、私もつい釣りこまれて、思わず噴飯してしまいました。というのはそんな修三がひとり可笑しかったばかりでなく、その場に居合せた修三の仲間達の、周章狼狽いっそ手の舞い足の踏むところを知らずとでも形容したい騒ぎを見たからです。そうして咄嗟に寄り固まった四五人の顔がすっかり表情をなくして、まるで一枚の写真を手にするみたいに、私の眼に映ったからです。せいぜい二十を頭に、みんな私にも顔馴染な少年達でした。戦災に遭うまで、或る伯爵邸のご門番の息子だった屋敷の坊やもいました、両親がなく姉と二人で工場通いしていたサブちゃん、仙公という町の不良少年もいました。多少煙ったそうに硬くなって、私に椅子をすすめ、給仕娘を呼んで茶菓子を言って呉れたり、修三もバツ悪そうにソッと私達のテーブルに来て坐りました。私は多く屋敷の坊や達と話をし、会ってみると別段修三に言うこともありませんでした。修三は例の飛行服を着て、家を出る時の半長靴の代りに薄い雪駄を爪先にひっかけて、太巻きのアチラの煙草をふかしていました。すると、ものの十分も経ったか経たないうち、もうすっかり傍の私を忘れて了ったように、いや実は瞭《あきら》かに、この人達一流の側面意識をはたらかして、私に聴かせたい隠語の応酬。きすぶれる。ごらんな奴。やさぐれる。とっぽい。やばい。さくい。十コ半がとこで、どうだい……。そこへ私の見識らぬ真新しい飛行服が一人這入ってきて

「ねえドンちゃん（修三の渾名）おしん頂戴」と猫撫で声で。

「なにイ、おしん頂戴？　甘ったれるんじゃ、ないよ。おしんがそんなに欲しかったら駅長のところへ行って、箒借りて、駅の屋根でも掃いて来な」

坊やが横あいから口を出し、飛行服はそれをテンデ無視して、冗談とも本気ともつかない顔で修三の鼻先近くヌッと椅子を跨ぎ、修三は黙ったままポケットから紙幣を摑み出すと、それをろくに数えもしないで飛行服に渡しました。私はそれを見て、訳もなくもうあの三百円は口にしまいと思いました。

「白桃グリル」の外には、食券を買う人達の行列が二三十人も続いて、自分達の番まで食券があるかないか心配顔に順番を待っているのでしたが、修三達の卓子には次から次と芋菓子や飲み物が運ばれる。少年達は給仕娘と巫山戯あって他のお客を憚らない。出来そこないの芋羊羹みたいな菓子と、それに甘味のちっともない蜜柑水を、それでも私は美味し

く食べて、何んとなくしばらく其処に坐っていましたが、私達の卓子だけが特別な、そんな雰囲気に居たたまれない感じもあり、それに少年達の間に挟って、黙ってニヤニヤしている私自身がひどく邪魔物の感じもしてきて、私は誰にともなく「じゃあ」と言って椅子を立ち、そうして外へ出ました。修三が後から従いてくるものとばかり思い乍ら、露天商の並んでいる前まで来て後を振り向くと、修三ではなく坊やが、待っていたようにニッと笑いかけました。

「暫く会わないうちに、すっかり大人になっちゃって、見違えちゃった」

「………」

「やっぱり商売、やってるの？」

「修ちゃんの手伝い、いろんな手伝いしています」

「修三は何をやっているの？　手伝ってやるのはいいけど、貰うものはキチント貰いなさいよ、奴は危いからね。日給とか月給とか、はっきりさせて、ある時払いの催促なしなんか、絶対に駄目ですよ」

「だいじょぶです。いまはネタ仕入れ、いえあの、品物の仕入に忙しいので、僕の方で品物を増すようにして貰っていますが……」

駅前の広場の片側に、その頃はまだ莚や茣蓙を敷いただけの露天商が並び、どこの店の品にも俄か造りの安手な品ばかり眼立ちました。

「ここが、修ちゃんの店です」

そう言って、ちょっと坊やが立停った店、フライパン、石鹸、軍隊靴下、派手な描き絵の絹ハンカチなどを展げて、日除け代りに紅いネッカチーフを被った若い娘がそこに坐っていましたが、私の方をみると、ペコッとお愛想に頭をさげました。誰だったかしら？見憶えのある顔でした。そうだ、サブちゃんの姉さんで、たしかチヨちゃんといった——照れて、それっきり顔をあげようとしないチヨちゃんの前を私もすぐに離れました。

その後、私は三度びほどM町の露天商街を訪ねました。一度は修三の移動申告のことで、一度は寝具（軍隊の毛布）を届けに、それから修三の様子をそれとなく識るために——、けれども私は次第に行きにくくなりました。修三をはじめ、坊やもチヨちゃんも何んとなく、私の訪ねるのを嫌がる風……表面は私のためにさわいでくれようとして、何かと不要に気を使いながら、芯にコチッと硬いものが感じられました。うちにしっかりと殻を閉じて、私という余計者を拒むものが見えました。

「小母さん。フライパン、特製のフライパンどうだい。玉子焼でもトンカツでも、何んでも出来るフライパン。上等の木綿糸も、あるよ」

「そうねえ、玉子やお肉があればねえ……」

そう言って踞みこみ、世間話をしてゆくお主婦さんがあったりして、そんな時、人垣のうしろに立っている私を見掛けると、修三も坊やもチヨちゃんも、苦笑をうかべ、急にバツ悪そうに口上をやめてしまう。それではだいいち商売の邪魔にもなる。殊にそういう時のチヨちゃんの表情のうちには、ただ恥ずかしい照れるといった感じとは違う、もっと奥深く冷たい、ひとを猜疑する眼ざしすら見える。私の足は自然とM町から遠退くかたちになっていくのでした。

　自分の生れた土地育った土地で、どうぞこうぞ、商いの真似ごとみたいなものにしろ、ああして店を張っている修三を、同じく土地に古い馴染ぶかい知合い達が、どのような眼で見過ぎるだろうか。赤紙の来るついその日まで、長い間の修三のふしだらな、世間様にかけた迷惑の数々からすれば、たとえ闇屋にもしろ自分で自分を日々始末している昨今の修三を、まだしも人間らしい、まともな眼で見過ぎてくれるかも知れない。それにあのチヨちゃん。むかしの札つきの修三を忘れて、現にああして修三の手伝いまでして呉れているではないか、坊やだってそうだ。気ぶっせな私が顔を出して、せっかく愉しそうな彼等の生活の雰囲気を態々ブチ毀す理由はない。

　あわただしい、しかしちっとも年の暮らしい気分のしない歳末を送り、新年を迎えましたが、そのお正月も、まるっきりもうお先まっ暗な、私達の生活でした。五合ほどの餅米を炊き、それを妻が擂鉢で搗いて、薄い代用醤油のお雑煮を作り、一日食べて、これはネお雑煮のお粥というものだよ、などと言わでものことを子供に言って、私はわざとのように妻に厭な顔をさせたりしました。そうしてそんな時、フッと修三のことを思い泛べ「奴は、どうしてるかなあ――正月くらい顔を出してもよさそうなものだのに」と思うのでしたが、そうした私の考えの裏には、修三は修三らしく派手な正月、それこそ餅にも酒にも不自由しない正月を迎えているだろう、何時か一度「白桃グリル」の別室？　で見たことのあった修三達の饗宴。銀シャリと称んでいた真ッ白な飯、本物のトンカツ……私はひとり想像をめぐらして、むこうから来なければのこのことこっちから訪ねて行けるものかと、そんな気持にもなるのでした。

三月にはいって、間もない頃のことでした。私は久し振りに銀座の方へ用事に出て、その用事が足りなくて、ぼんやりと人の往き来に紛れ乍ら歩いているうちに、四丁目の角に出ました。するとフイに須田町まで地下鉄に乗る気になり、すぐ前の階段を降りました。

昼近い時刻でした。丁度外の気温も地下の気温もあまり差のない、日蔭はさすがに、まだひんやりとして肌さむく思われる、そんな日だったように記憶しております。私は混雑する切符売場の列につづいて、先の縮まるのを待ちながら、煙草の火を擦ろうとして、それが点かないで、マッチの棒がみんな駄目で、後の人に火を借りたり、そんなことでなんの気なしに眼をやったプレイガイドの前、明るいコバルト色の、それこそ眼の醒めるような派手な背広服に、その頃はまだ珍しかった真新しい薄ネズのソフト帽、靴は例のラバソールという奴に違いない。赤皮のボストンバッグを提げ、プレイガイドに用のある顔でもなく、ピカピカ光る腕時計を矢鱈と覗いて、あっちを向きこっちを向き、痩せて背の高い男でした。なんてキザな奴だと思いながら、よく見ると、それが思いがけず修三だったのでした。私は切符を買って、修三のうしろからそっと肩を叩きました。

「なにを愚図愚図してやがるんだ。馬鹿野郎」怖しい剣幕で振返った修三が、私だと識る。

「なアんだ。兄さんだったのか」

「すごいじゃないか、どこの紳士かと思っちゃった」

「いけねえ、とんだチンシモッコウ」と洒落のつもりか、しかし満更でもないらしくニヤニヤして、急がなかったら私に一寸待っていてくれ、と言いました。

間もなく、如何にも息せききって駆けつけたといった態とらしい恰好で、これまた修三に劣らぬ紳士が私達の前に立ち、チラッと私の方を流し目に、胡散臭そうに
「だいじょうぶ?」と修三に訊き、修三は思いっきり不機嫌な、ぶちまけるような調子で
「兄貴だ。それより、ネタはあったのかねえのか」と、すごんで見せました。

「大有り、のオコン。だけどあの野郎、思ったより話のわからねえ野郎ですねえ」

ずっしりと重い包を修三に渡すと、こんどは莫迦ッ丁寧なおじぎを私にして、肩の突っ

張ったその男は立去りました。つい私も二人の口調に乗るかたちで

「いまの衣紋竹、あれは何？」と訊きました。

「らくちょうの、ちんぴらですよ」

その時はじめて、私はらくちょうという言葉を耳にしました。修三に促されて地下道を出ると、西銀座の露地から露地を、大股に気取って歩く修三に従いて、ある焼残りのビルの地階へ降りてゆきました。洋扉を押すと一緒に、香りの高い珈琲のにおいがして、背の高いスタンド椅子ばかり十脚ほど並び、青い照明灯の下に先客が四五人おりました。修三は一番奥の空席を跨ぐと、肱を張ってスタンドに凭れ、外国映画の悪党もどきに、指のさきで帽子の鍔をパンと弾き、落ちそうなあみだのまま

「ワン、カフェー、ワン、ドリンク」

と舌ッ足らずな、怪しげな言葉で命じました。

「オッケー」

とコック衣の男が応えました。そして珈琲と琥珀色の液体がキラキラする小さなグラス、曹達水らしいコップが私達の前に運ばれました。すると修三が、これまた辺りかまわぬ大声で「オウ、でっかいサンキュウ」とコック衣に言うのでした。私は自分ひとり取澄ますつもりはないのですが、やはりゾッと背筋に悪感の走る思いがして、はたのお客の方をそっと窺わずにはいられませんでした。と修三は珈琲をひと啜りして

「兄さん、ちょっといけるでしょう。それねえ、オールド、サントリー」

「坊やだのチヨちゃん、その後どうしている？　いまでも一緒に商売やってるの？」

私は思わず話をそらし、もう一度グラスを舐めてみましたが、私のような下等酒ばかり飲んでいる人間にも、オールドにもニューにもサントリーの匂いなど、まるっきりしないのが判りました。

「そうそう、兄さんにはまだ話してなかったっけ。今度ね、われわれ銀座へ進出、M町なんて客種が悪くてね、いま千疋屋の前のショバを取って、坊や大ハリキリなんだ」けれども三尺（露天商）なんかでは、ただシャリを喉へ通すだけなので、自分はいま全然別口でいごいている、と言い、地下鉄の中で受取った包をポンと敲いて私に示すと、此奴なんか下手扱うと「沖縄空輸」間違いなしって代物ですが、こんな物を左右するだけで、月すくなくて六七千は楽に儲かる、今に家を一軒建てて、お袋さんを山形から呼んで、俺ア親孝行する、でかい家を買って兄さん達と一緒に暮そうかなア――と夢見るような顔。

そこへ若い娘が三人、何やらわめきながら這入って来ました。と先の一人が修三をみて
「あら、ドンちゃん」

「ドンちゃんいたの……お早ようございます」

「ゆんべは、ご馳走さま」

修三が振向いて

「いま、ご出勤かい……」

洗い晒しの銘仙の仕立直し、舞台衣装の裾だけをただ断ち切ったようなケバケバしい奴、紅いセーターにボクボクのフェルト地の白いスカートてんでんばらばらな洋装の三人が、唇と爪を真ッ紅に染め、覆いかぶさるまでに修三を取巻いて「あたい達にも、コーシー頂戴」と歌うように言いました。

すると其処へまた一人、先客の三人よりすべてにましな洋装が一人這入って来ると、こんどは修三と私の間へ割込んできて

「おドン、モクあって？」

と嗄れた声で、頸に巻いた真新しいガアゼに手をやり、そのふっくらと蒼いまでに色白な手を見て、私は思わず生唾を嚥むおもい。味もにおいもつらいお酒でした。六七杯、眼をつむって流しこむうちに酔いが発し、私はとろんとあらぬ方に眼を据えて、しかし修三とその女を窃かに観察していました。まだるっこい描写は抜きにして、往年の「伊豆の踊子」の踊子に扮して頽廃的な名演技をやってのけた花岡菊子という女優に似て、それをちょっと肉感的にした二十くらいの、戦後間もない頃に能く見かけた、それほどすさんでもいない女でした。私はフッと「商売女のからだは熱くては危い、素人は冷いと危い」という言葉を思い出し、まつ毛の長いその女の横顔をそれとなく見ていました。すると修三が、いきなり

「紹介しよう、俺の兄さんだ。詩人で、だから貧乏ばかりしているけど、この人達の世界ではちっとは識られているんだ。兄さんこれはユミ公、このへんではちょっとした姐御……」

女の素性は知れていますが、それに二人は、ほとんど口を利きませんが、喫いかけの煙草を女が修三に渡す、それを黙って口に咥える修三の横顔にジッとねばりつくような視線を置いて、気懈《けだ》るそうに息づく女の肩……私には疼くような世界が想像されるのでした。果物皿のリンゴを三個修三がつかみ取ると、女に剝けと言って五寸ほどもあるジャックナイフを渡す。無器用に重そうにそれを使う女の指が、なまめいて蠢く。私は言いようのない嫉ましさにひとりぼっちになって、月収六七千円——家を買って母を迎える、夢のような一家団欒の図——修三の手でかるく実現可能の。それが羨しいのかお前は？　莫迦を言やがれと私は自問自答する。それでは其処にいる女か、とんでもない、冗談じゃない、インバイならこんなばちがいでない、俺は本物を識っているよと、玉ノ井、亀戸の女達の記憶の糸をたぐり、覗き窓——ベニヤ板の袖扉、そこに嵌った色ガラス——狭いベッドの軋む音——ぬけられます——泥溝のにおい——屋根と屋根とのほんの隙間に覗く、びっくりするほど深い星空。けれども、私の記憶のかんじんの女達は、薄っぺらな着せ替え人形のそれのように、眼もない、ただ真ッ白な顔ばかりなのでした。……

女が、椅子を立ち、修三の肩に紅い爪を立てて

「あとで、またね……」

と言い、腰をふってひとり出てゆき、私はそれから惰性だけで、もう悪臭ばかり鼻につく酒を、続けざまに呷るように幾杯か飲んでいましたが、突然、どうしてそんなことを口にしたか判らないほど唐突に、しかし自分でも喉に絡まる声を意識しながら
「修三、女を世話しろよ、俺に……」と口走っていました。

「……？」修三はビクッとしたように「ほんとかい、兄さん。ほんとならなんだけど、よした方がいいよ、この辺の奴は、ろくな奴はいないしね。だいいち危い」

「いま出てった女、あれでいい、あれを抱かせろ」

修三は無理に笑おうとして、不自然にこわばる顔を伏せました。

「いや冗談だよ、嘘だよ、あれ、お前のいろか、白状しろよ。いい、躰してやがる……」

とうつろな声で笑い、気拙くなって間もなく修三と別れて、私は其処をよろめき出ました。

あとになって、あの時なぜあんな愚にもつかない厭がらせを修三にしたか、自分ながら苦々しく反省されるのでしたが、ただ私の記憶にひとつハッキリあるのは、修三の女が珈琲店に這入って、出てゆくまで、チヨちゃんのこと、その後チヨちゃんはどうしているか、いまでも修三と一緒に小さい貧しい商いをしているのか、（私はどうしても〝沖縄空輪〟が信用出来なかった）M町の露店を訪ねるたび、次第に明らかに私の視線を避けよう

とし邪魔にするアレは、どういう意味なのか、ひょっとして、チヨちゃんは修三に？……いや、はっきり言えばすでにあの時妊娠していたんじゃなかったか、そんな軀つきにたしかに見えた。酔い痴れた私の脳裡にそのことがひッついて離れなかったのでした。

夏にはいって、私はまた偶然に修三と遭いました。渋谷のマーケット街で出会い頭にバッタリ行き会ったのでした。坊やも一緒にいて、修三は襟に津田組と染めた人絹の印半纏をひらひらさせ、坊やは嘗ての修三のらしい飛行服を着ていました。ほんの十分くらい立話をしただけで別れたのですが、あれから例の品物の一件で警察の手入れがあり、仲間が二人ほんとに「沖縄空輸」に遭って、いま自分達は一種の草鞋を履くかたちで津田組の世話になっている、津田組はこの土地のでかい顔役で、兄さんなんかには想像もつかない勢力を持っている、というような話。

「それで、君達その津田組でどんな仕事をするの？」

「仕事なんて、なんにもない。遊んで、食べて、お小遣貰って、たまにこうしてその辺のマーケットからショバ銭でも集めるくらいが関の山です」

なア坊や、そうだなアと、二人は屈託のない表情で笑い、聴いて私は、そんな所にいつまでも居ないがいい、大の男をただ喰わして遊ばして置く酔狂者がこんな世智辛い世の中にいる訳がない、一宿一飯とやらの義理に絡まれて、とんだ怪我でもしない内に早く足を洗うべきだと、修三にも坊やにも注意しました。

「このへんに、お茶でも飲むところない？」

「喫茶店か、ねえなあ坊や」

「あの店が拙いから、そうねえ……」

なんとなくモジモジする恰好が、急かれてその場を離れたい様子に見え、私は別れ際に
「おまえ、この頃お袋に便りしているかい、お袋から何んか言ってくるかい」

と、便りなんかしている訳はないと思いながら訊いてみました。

「ウン、もう少しなんとか恰好がついたらと思って……あのね、ここで兄さんに会ったこと、こんなもの着ていたなんてこと、お袋さんに内証にして、手紙なんかに書かないでね」

と修三が半分笑い顔に言いますので、修三が今も、たった一人で田舎に疎開したまま帰らない母に、気兼ねしボロを知られまいとしている心情に、私もついホロリとして
「だいじょぶ、書かないよ。書かないから、いまのこと、足洗うことね早く実行するといいよ、それから、近いうちに一度家へ来なさい。坊も一緒にね」と言ってやりました。

けれども夏が過ぎ、秋口に這入っても修三は私達の家に現れません。忘れている訳ではなく気になり乍ら、私はつい津田組を訪ねもしないまま、ずるずると日を送っていました。

私はその頃パイプを一つ欲しいと思っていました。「のぞみ」という煙草を喫うにも便利だし、それに丁度友達からアメリカのパイプ煙草を一箱貰い、そうなると矢も盾もなくそれがほしい、なまじい昔ダンヒルとかスリーBとか、そんなパイプを集めた憶えがあるので、出来ればそういう品を手に入れたいと思いました。すると、それなら「どろぼう市」へ行ってみろ、ひょっとして掘出し物にぶつかるかも知れない、という友達の話から、私は新橋のその一劃を覗いてみる気を起しました。

教えられた露地の入口を這入ろうとして、いきなり「小父さん、何か売るものがあるのかい」そう言って、十五六の少年に擦り寄られました。私の身なりが見すぼらしかったので素人の売手と見られたのかも知れない、首を横に振ると、少年はあっさり私から離れました。入口に近く買手が立ちはだかり、奥は売手が人襖を作るほどザワザワと客に呼びかけていて、対きあった顔と顔の間が、やっと通路のかたちをなしていました。男物の単衣を腕に垂らして、ただ黙って立っている年頃の娘がいるかと思うと、二三個の金側時計を掌に乗せて、貝殻の恰好よろしく重ねた掌を開けたり閉めたり通行人に示している外国人がいました。男、女、子供までが、口金の毀れたハンドバッグ、上着、ズボン、万年筆、帯、布キレ、古靴、それらを一人が一つ二つ持って、買いそうな素振りの見える客には、忽ち蛭のように喰いさがる、押し殺したひそひそ声。不正取引の好奇心に、ゾクゾクするような客達の表情。

と、二三人先にパイプを持った若い男が立っていました。それをみた私は泳ぐように人を掻き分けて、その男の前に立ち、けれども何気なく覗く風をしました。古いそのパイプには、あるかなしか、うっすらとBの字が三角形に三つ刻印されていました。しめたッと、内心踊りあがらんばかりに胸はずませ、その癖パイプなんかに用のない顔で
「これ、だいぶ使い古しだね」
と、言いました。そして誘い込まれて「安くするよ」と来るかと思いのほか
「悪かったらよしねえ。銭はそっちのもの、パイプは俺のもんだ」
買い手は幾らでもあるといった素ッ気ない面構えで、横を向かれてしまい、しまったッ！と、もう喉から手が出る思いで、私は躰を泳がせ
「なら、幾らで売るんだ」
と上眼使いに訊く。
「ふざけるねえ、ひとの品にケチをつけやがって、こうなりゃア只でも売らねえ」
と、嚙んで吐き出す声はもうむこう向きでした。するとその時、私の背後から声がして
「おう、Xちゃん、そんなあこぎを言わねえで売ってやんなよ」
屋敷の坊やでした。
「この小父さんには、俺世話になっている。なア、幾らなら離すんだい」
「一コ二十よ……」

Xちゃんと呼ばれた男は不承ぶしょう、しかしいっそ構えた顔でぶっきら棒に言いました。坊やは、半端の二十はまけときな、いいだろうと、もうXちゃんの返事を待たないで
「小父さん、これ百円ですって、買います?」
私は狼狽てて百円出すと、それを坊やに渡しパイプを貰いました。が、百円は高い、不要品交換所あたりの相場からすれば、それはむろん安いかも知れないが、何せ、どろぼう市の品だ、そんな価を言ったら友達に嗤われるに違いない、とその時バカをみた思いでした。私はXちゃんという男に嚇かされて、すっかりふるえあがって、いえのぼせあがって、あらためてキレイな啖呵を切った坊やを見、それからフッと胸騒ぎを覚えて、それをどんな風に訊いたらいいか迷いながら
「もう君達、津田組にいないの……」と言いました。
「ああ、津田組ですか、あすことはずっと前に手をきりました」
「で、いまは?」
「修ちゃんですか、修ちゃんはちょっといま落ち目でね、気の毒なんですけど……商売がウマくいかないところへ、仲間の奴に金の持ち逃げなんかされたり、散々な目に遭って
……」
「………」
「小父さん、ボクちょっと急ぎますから、失礼します。修ちゃんなら、あすこにいます

よ、もう少しむこうです」

私は坊やの後姿を見送りながら、暫くそこに立尽していました。騒がしい辺りの人声も、どこか遠い世界の物音のように、ただサワサワと耳にするばかり、真夜中の蠶屋——数百数千かも知れない蚕がほとんど休みなしに、桑の葉を食む音だけのする蚕部屋、実は一度だって見たこともないそんな情景が、不思議な幻影となってフッと私の頭を掠めるのでした。

修三が立っていました。片腕に飛行服を垂らして、客が通るたびに、それを力なく持ちあげては、物乞うようなまるで精気のない視線をなげているのでしたが、そして秋口だというのに、よれよれのワイシャツ一枚にズボン、チビた下駄を履いて、それはもう見る影もない姿でした。

「いまそこで、坊やに会ったよ」

「あ、兄さんか……」

「商売、工合がよくないんだってね、困ったねえ」

「いいえ、ちょっとした手違いで、たいしたことはないんだ。金儲けのネタは幾らでも転がってるんだけど……」

そこへまた坊やが顔を出して、ソッと新聞紙に包んだものを修三に手渡し、修三は「や、すまねえ」とそれを、ズボンのかくしに入れようとして這入らないで、ワイシャツの胸から直かに、すとんとお腹へ納めました。

それから私達はどんな話をしあったか、ともかくお互いが、言いたいことを避けあうような、ぎこちないかたちで口数寡く話しました。そうして私は不図思いついたままに、まったく前後の考えもなく、その時懐中に持ちあわせていた金を残らず修三に渡してしまいました。多分九百円ちかくあった筈で、それは、一ト月ほど前に私の勤め先の組合が閉鎖され、その退職金に貰った全部の金でした。

「これは、遣るんじゃない、貸すのだよ。もうすぐ嫂さんのお産があるんでね、その費用や産衣代やらにとって置いた金だからね、儲かったら返して貰うよ」

修三は黙ったまま、ウンウンと頷いていましたが、そんな時のそれが修三の癖で、片眼だけをヤケに強く幾度もつむっては、しきりにそっぽを向いたり、下を向いたり照れている様子でした（ずっと後になって、小菅監獄の面会所で、私は偶然チヨちゃんに会い、その帰り途で《修ちゃんたら、バカねえ、あんなところでウインクしたりして》と半分泣きながら、独り言のように彼女が呟きましたが、その片眼をつぶる癖が、修三の小さい時分からの感激、感動の一種の仕草でした）。

「兄さん、これチビちゃんに遣ってくれ、お土産がなんにもないから……」

「？……」

「おむすびです」

妻のお産は事実間近に迫っていて、退職金をその費用に当てるべく、そっと妻に隠して持ち歩いていたのは、見せたら最後、焼け石に水で忽ち手が着いてしまうのが分っていたからでした。

修三に貸した金は取れまい、十中八九返済の見込みはない。お産の費用は誰か友達にでも借りるより仕方がない、そう思うと私はすぐに諦めてしまいました。それは金銭に対する鷹揚さ淡泊さからではなしに、一端、手もとから離れた金に執着する気力のない、私の貧乏人根性からだったのです。私の遣った金が修三の運の開ける機縁になるのを希い、一方また、元も子も無くしてしまう場合も予想して、ともかく大得意か悄気てか、いずれにしても、修三が私達のところに現れるのを心待ちにしていました。

十一月にはいり、いよいよ妻の予定日が迫ったので、私は五反田の友達を訪ねるつもりで新宿から山手線に乗りました。電車が目黒駅に着いて、そうして発車する瞬間のことでした。夕方だったような気もしますが、あの駅は深い崖の下になっていて、それに歩廊の屋根や陸橋などもあったりするので、昼間の暗さだったかも分りません。電車すれすれに薄暗い歩廊のはずれを、まるでなにか蜉蝣のとぶみたいに、力なく歩いている修三によく似た男を見つけました。思わず反射的に私が窓枠に手を掛ける、男は、蹲んで落ちている煙草の喫い殻を拾おうとする——ほんの一瞬のことでしたが、それはもう修三に間違いなく、落ちている煙草もその短かさまでいやに鮮かに、私の眼に残りました。私は五反田駅で降りすぐに反対側の電車で引返そうと思いましたが、目黒駅で修三に会えない場合、というよりも、人の捨てた喫い殻まで拾っている修三のどんづまりの姿を見るのが、どうにも耐えられなくそのまま真っ直ぐにM町の駅へ、眼をつむる思いで走りました。誰か知った顔に会いたい、修三の居所をつきとめたいとその辺をうろつき、ようやく、もと、修三の配下だったらしい少年に一人遭えましたが、修三はむろんのこと坊やもチヨちゃんも現在M町にはいない、転居先も皆目分らないとニべもない返事でした。

「拙いデイリがあって、兄貴はこの土地へ足が踏めないんです、実は逃げ廻ってるかたちなんで……」

少年は胡乱な眼を向けて、そんなことも言いました。

駅前の露天商も、いまは莚や莨蓙敷きの店など一つもなく、葦簀《よしず》掛けの、屋根もあり電燈もちゃんと引けている、どこかよそよそしい店構えに変っていました。

修三に会いたいと思い、焦りもして、しかし会ってその先どうするか？　先々におもいおよぶと、もう私にはなんの目算も自信もなく、しかし墜ち込む先、最後のどたん場が胸突き刺されるように予感され「いまだ、いまのうちだ、いま何んとかしないと……」

と、前のめりする。

修三に関する限り、あらゆる世間的な手という手を打ち尽して来て、その上の召集となったのでした、その最後の切り札ともいえる、母の愛情——ある時はそれが、母親が息子に尽す献身というような生ぬるいものではなく、いっそ女が男にいれあげるとでも形容したい、溺愛の怖しさまで見て来たのでしたが、すべてが万事失敗に了りました。

新橋のどろぼう市で、修三にあった時貰ったおむすびの包みを開いた時、眩しいくらい真っ白なご飯、そんなものを何処で作っているのか私達には摩訶不思議の一語に尽きるハム、佃煮のこってりと添えられたのを見た時、私は修三達の生活の「馴れ」に眼を見張ったのでした。自分の着ているものを剥いても、彼等の言う銀シャリを喰い、ハムや佃煮を当り前にしている生活。それにひきかえ私達の暮しは、大豆じゃが芋を主食に、代用の味噌醤油さえ不足がちで、その時のおむすびに、妻も子供もワッと歓声を挙げたほどだったのでした。

所詮いまの暮しの上では、ひとつ家に住めそうもない、そうは思いながら、修三に会ったら家に連れ帰って、四五日ゆっくりと静かに眠らせたい、自分の家の畳の上でゆっくり眠るだけでもいいと思いました。

自分の就職のこともあり、私はその後毎日のように家を出ては知人友人を訪ね、そのかたわら銀座、渋谷、浅草、上野それから池袋といった盛り場を覗いて歩きました。

ある晩、私は歩き疲れて有楽町駅に向かい、そこから電車で家に帰ろうとして、ガード下の、あのいつも輪タクがたむろする辺りにさしかかると、暗闇の輪タクの蔭から声がしました。

「旦那いかがです、ご案内しますよ。相手はズブの素人、若くて綺麗な戦争未亡人……」

行きずりに耳にした声でしたが、私は、ギョッとして思わず足を釘づけにされました。その修三にそっくりな声に呼ばれた客、肥った中年者らしい酔っぱらいが立停る、けれども声の男は幌の蔭になって見えない。いえ、見たくなかったのです。私は知らず知らず急ぎ足に、その場から離れると、カッカッと火照る顔を視線を宙に、明るい方明るい方人混みの方へと、電車へ乗るのも忘れて夢中で歩いていました。

跋

山本健吉

私が三田の学生だったころ、石川桂郎氏は三田聖坂の髪床屋であった。いや、髪床屋の息子であった。だが、そのころ私は氏と面識があったわけではない。私は三田通りから四国町の方へ一寸這入った横丁の、アバ忠という髪床屋へ行くことにしていたから――。私が氏のすべるような剃刀の感触をじっさいに味わったのは、だからはるか後年である。そのときは氏は髪床屋を廃業し、俳句を作り、文章を書いていた。

氏は今日では、『馬酔木』『鶴』系の有数の俳人として知られている。だが氏はその俳句を私にけなされても、全然怒らない。俳句は氏のおまんまの種ではないし、久保田万太郎氏と同じく、俳句は余技ですといった顔をしている。私は氏に、「俳諧師になるのはおやめなさい。」

と会う度毎に言うのである。これは必ずしも俳句をやめよというわけでなく、氏の小説の才を惜しむからである。だが氏はにやにや笑うばかりで、私の言うことをいっこうに聴き入れない。どうも俳句は、氏にとっては、憑かれたが最後の腐れ縁であるらしい。私は氏が、その文章を以ておまんまの種とすることを切に望むのであるが、無欲にして含羞屋《はにかみや》である氏は、いっこうに御みこしを挙げようとしない。

だが文章は――時に鶴川村の食卓をにぎわし、奥さんや子供さんたちへの土産物をもたらすその文章については、氏はけなされると半分ばかり嫌な顔をする。俳句と文章とのこの心理的な反応の相違は、なかなか微妙なのであるが、もし人あって、氏の剃刀について批評がましい言葉を吐いたならば、氏は烈火の如く憤りを発するであろう。と言うことは、氏にあってもっとも奥義をきわめたと自信するものが、俳句でも文章でもなく、二代にわたっておまんまの種となった剃刀の術であることを物語るのである。

あることをたつきとするということは、その人に及びがたい叡知と洞察とを与えるものである。彼がその仕事に生命を賭け、その有用で奉仕的なことに対する自覚が、彼をジレッタントの傍観者的な無責任さから脱せしめるからである。自分だけ楽しませればよい俳句を作るよりも、何百人かの観衆の興味を一定時間はつなぎ止めねばならない劇場詩人の仕事は、より厳密な制約の上に立っている。氏にとって剃刀のわざは、一人の客をも不快ならしめることを許されない責任の上に磨かれた叡知である。私は氏にとって、文章がそのようなものとなることを望むのである。

私は氏の文章を読むと、笑いがどうしても止まらないことがある。それも、ただふざけちらしただけの軽いものではない。プーシキンがゴーゴリの『死せる魂』の朗読をきいて、始めのうちは笑いこけていたが、だんだん笑えなくなり、最後に「なんてロシヤという国は悲しいのだろう!」と溜息をついたという挿話がある。私は氏の文章がそうだと言うのではないが、そうなる要素を豊かに具えていることを知っている。そしてこれは、真のユーモアの精神を氏が持っていることだと思っている。氏の「含羞」が、その完全な開花をはばんでいる。氏は剃刀については、そのような「含羞」をいささかも持ち合せていない。

『ねむの花』という氏の文章に、私が登場して、氏に太宰についての文章を書かせたことになっている。そのとき私はある地方新聞社に氏を推薦し、「ウマく書けるかどうか分らないが、とにかく明日の朝までに書かせます」と言ったという。真赤な嘘である。私は氏ならば立派にその役目を果せることを確信し、その確信の上に立って氏を推したのである。この文集を読んだ読者は、氏が本当に奥さんを温泉に連れて行ったように思うであろうが、これもフィクションである。氏の筆の巧妙な幻術《まやかし》に引っかかって、読者がここに書かれてあることを一々事実であると鵜呑みにしないように、一応言っておく次第である。

恐るべき作家の出現

解説　富岡幸一郎

忽然と現われる。

令和の世に、今、石川桂郎という小説家がよみがえる。いや、誕生したといってもよい。こんな作家がいたのか。『妻の温泉』を読みながら驚愕する他はない。

昭和二十九年に刊行された本書が、戦後文学史に何故に明記されてはいないのか。いや、近代日本文学史に石川桂郎という名前が、何故に志賀直哉などと並んで記されていないのか。不可解という他はない。

現世においても石川桂郎はそもそも忽然と現われていたようだ。

たとえば明治四十二年生れの太宰治の前に彼は「戦も終りに近い年のある夜」に、同じ年に生れた一人の謎の男として登場する。本書二百七頁をそのまま引用する。

多少硬くなって、私は膝をすすめた。この男は、と河上氏が私を指し「K君。俳人で、且、床屋の名人」

?という幽かな表情が、狼狽とも羞恥とも困惑ともつかぬそれと共に太宰氏の眉宇にひらめき、私は、やってるやってると思った。

「河上氏」とはもちろん文芸批評家の河上徹太郎であり、石川桂郎が「先生」と呼び、本書所収の「ひと夜」にあるように石川が終戦の翌年から住んだ鶴川村で親しくしていたが、河上の紹介の仕方は太宰ならずとも「?」である。

まず石川桂郎といえば近代俳諧の重鎮石田波郷の門下で、昭和十三年から昭和三十一年までの句を収めた第一句集『含羞』（昭和三十一年刊）、以下『竹取』（昭和四十四年刊）、『高蘆』（昭和四十八年刊）、遺句集『四温』（昭和五十一年刊）の四冊を出している。さらに『俳句研究』や『俳句』の編集に携わり、昭和三十九年より神山杏雨主宰の俳句雑誌『風土』の編集と選を引き継ぎ主宰者となったその経歴からすれば、やはり「俳人」と呼ぶのが正しいだろう。では、「且、床屋の名人」とは何か。それは実家が東京の三田にあった「清々軒」という名の理髪店であり、彼は父の生業を継ぎ昭和十六年に廃業するまで店主として店をまもったからである。長男であった桂郎（実名一雄）は父親の意向で進学をあきらめ理髪師となり、日々の仕事の傍ら波郷主催の『鶴』に投句をはじめ俳句の道を歩む。昭和十三年の初心にすでに次のような鮮烈な一句がある。

激雷に剃りて女の頸つめたし（『含羞』所収）

また句集にさきがけて昭和十七年、戦火のさなかに『剃刀日記』という短編集（作品については後でふれる）を出しているが、これは理髪師の経験なしには著わしえぬものであった。

だから河上徹太郎が酒宴の席で太宰治に紹介した物言いは間違いではない。正確である。だが、人いちばい鋭敏な太宰は、「?・という幽かな表情」をあらわにする他はなかったであろう。

もうひとつ昭和四十八年、その上梓から二年後に石川は食道癌で六十六歳で亡くなるが、読売文学賞を受賞する『俳人風狂列伝』のなかの一場面。ここでも石川桂郎は、忽然とその姿を出現させる。

昭和十四年の一月から二月頃、石田波郷の紹介で西東三鬼を識ることになったが、三鬼は床屋の職人であり俳句をやる石川に興味をもち色々な人士に彼を紹介したという。場所は、新宿の帝都座である。

当時、帝都座の映写室を担当していた石橋辰之助に紹介するといって、氏の控え室に案内されたが、私に一瞥をくれただけの辰之助は、

「文藝春秋に本物の床屋らしい男が面白い文章を書いている。読んでいなかったら貸すが、薄気味悪いほど不思議な随筆、いや掌小説といっていい」と三鬼に言った。

「そうかい、そんなに面白かったかい、実は俺その男を知っているんだ。君の話を聞いたらさぞ当人も喜ぶだろう、会ってもらおうよ……」

「ウン、一度会ってみよう……」

「君の前にいるこの男が、その作者だよ」

と、三鬼は得意顔で哄笑した。

盲縞の単物に角帯姿の痩せっこけた私を前に、石橋辰之助は暫時開いた口がふさがらぬといった面もちであった。そうして、そんな二人のやりとりを前に、私はただ黙って立っていたのを憶えている。

石橋辰之助は明治四十二年生れ、帝国劇場、帝都座の照明技師を経て日本映画社へ入る。水原秋桜子の『馬酔木』に参加したのち新興俳句運動、プロレタリア俳句運動に転ずる俳人であるが、石川桂郎はここでは永井龍男編集長の『文藝春秋』（昭和十四年九月号）に、「蝶」「炭」「薔薇」の三篇を掲載した無名の新進作家として突然現われるのであ

る。この三篇は、小説の師であった横光利一の「序」を冠した『剃刀日記』にも収められているが、まさに「薄気味悪いほど不思議な随筆、いや掌小説といっていい」のである。太宰治が直覚したと同じく、石橋辰之助にとっても石川桂郎を名乗る物書きは気になって仕方がなく、しかもその男が自分の眼前に立っていることに啞然としたに違いない。

床屋の主人・俳人・小説家。謎は、三足のワラジをはいていたからではない。剃刀を手にする職人、定型の五七五におのれの全生活感覚を投げ込む俳人、散文に虚実の自在を映し出す小説家、その三頭がひとつの人格のなかに混然一体と化している。そこにある。この男は一体、何者なのか。

だから石川桂郎という文士にはその本質において「?」と思わせずにはおかないものがあるのだ。

特異であり、驚きであり、不思議である。

近代文学史のなかに、決して巨きくはないが堅固な一個の岩石のように放置され、近づいてその言葉の岩肌を実際に触知しようとしなければ、永遠にその正体を明かさないような存在。

石橋辰之助を感心させた「掌小説」を見てみよう。

「蝶」は、華族の松下邸というお屋敷から、ある日「午後一時にお顔剃の仕度をして主人に来て貰い度《た》い」との依頼があり、「私」が出かけて行きその家のお姫様の嫁入りのためにうぶ毛を剃る話である。迷路のような長い廊下と高い天井の部屋の暗さ。逆光のなかの若い女の美しい肌と金色のうぶ毛。庭に開け放された障子の外には牡丹の花がみごとに咲き、そこから飛び立った一疋の揚羽蝶が、今しもお姫様の部屋に舞い降りてくる。

「蝶」

と、いう声がした。微動だもしない姿態のまま静かに言い放った姫の声であった。それは側近の者に蝶の闖入《ちんにゅう》を知らしめる声のようでもあり、自身を沈黙の憂いから救う吐息のようでもあった。それは二度思い出すことのむずかしい、美しい声であった。姫の声を聴いた後の部屋は一層静かになった。

もう一篇。

「薔薇」は衝撃的な一行ではじまる。「死人の顔を一度剃ったことがあった」。

「私」の舗から近くの高台に隠居所を建てて住んでいた老人が鬚を剃るためにやって来て馴染みになるが、その老人が死んで葬儀の前に顔剃りをする話である。裕福な家の床に真新しい白毛布をかけられた死骸の冷たさと、艶福な隠居老人にいつも付き添っていた若い女中の清楚な色香のコントラストが、冴えた筆致で描き出されている。あの「激雷に剃りて女の頸つめたし」の一句にひそむ硬質ななまめかしさが、散文の中へと流れ込みその

「掌小説」に凝集しているといってもよい。『剃刀日記』に並ぶ作品群、その言葉の密度の高さには圧倒されないわけにはいかない。

驚きはしかしその先にある。

『剃刀日記』はすでに記したように初版は昭和十七年十一月（協栄出版社）であるが、昭和二十六年に目黒書店より刊行された折には作者の「後記」が附され、そこで次のようにいっている。

《「蝶」にはモデルの姫などなかった。松下邸は港区芝三田の松平邸で、水道橋松平家の隠居所だったから、老夫妻のほかには家族はいなかった。宏荘な邸宅を見乍らの姫君は私の夢だった（中略）。死人の顔もほんとうに剃っていたら、もっとリアルな描写が出来ようと、そういう機会があったのにそれを避けたのを、後悔したほどだった》

「床屋の名人」としての体験が作品化されたのではいささかもなく、『剃刀日記』の「ほとんどがつまり虚構の作」であると。日常のなかに虚構がまぎれ込み、真か嘘かの境をこの作家は尾根道を行くかのようにひょいひょいと歩いてゆく。一貫するその歩行術こそ驚くべきものだ。これも「後記」で述べているが、初版に「序」を寄せた横光先生は、本当はこの本の出版に自分は反対である、なぜなら剃刀ものだけで書くとその面白さでジャーナリズムは君を認めるが、××作家というレッテルを貼られておしまいになると警告したという。むろんこれは横光利一の杞憂であった。

それは「妻の温泉」一篇だけでも読めば明らかである。小田急沿線のT村（鶴川村）の家を買い家族とともに住んでいる「私」は、柿の名産地以外には何もない田舎、魚屋の一軒もなく友人たちが訪ねて来ても自慢できるものがないので困惑する。ただ自然は豊かで東京の水とはちがうと、「T村温泉」と称し風呂自慢をするが、実は妻を温泉に連れていったことがないことに気づく。そして妻の若いうちに温泉に行く「夢」物語を書く。と書いた随筆が雑誌に発表されると、それを読んだ相場さんが自分の会社の寮が湯河原にあるから、と念願の妻とふたりの温泉旅行が実現する……。一読すれば、三篇で構成された随筆が、書かれたことを受けて現実が新たに展開するという連作である。しかし本書末尾の山本健吉の「跋」にはこうある。

《この文集を読んだ読者は、氏が本当に奥さんを温泉に連れて行ったように思うであろうが、これもフィクションである。氏の筆の巧妙な幻術《まやかし》に引っかかって、読者がここに書かれてあることを一々事実であると鵜呑みにしないように、一応言っておく次第である》

愕然とする。書くことのなかに虚構が混じること自体ではない。日常が虚構に変じ、虚構が真実へと転ずる、その事である。石川桂郎のまさに「筆の巧妙な幻術《まやかし》」の変幻するエクリチュールである。ここに立っているのは不世出の作家なのである。随筆か小説か、俳人か小説家か、などという分け方自体は、そこでは本来何の意味も持たない。

『妻の温泉』は実は直木賞の候補作（第三十二回　一九五四年・下半期）になっている

が、石川作品は随筆色が強すぎるとの評価で落選したという。石川を一人推した小島政二郎が当時の選評で記している。

《「妻の温泉」「剃刀日記」の中にも、ホンモノのリズムが打っている作品がいくつもあり、「炭」「年玉稼ぎ」などには、ペーソスを持ったユーモアがあって、石川君でなければ書けないのだと云うのだが、みんな随筆だと云って、私の云うことを通してくれなかった。直木賞は、随筆だっていいと云うのだが——。石川君、一つ小説を書いて下さい》（『オール讀物』一九五五年四月号）

本書を通読いただければ、小島政二郎がいいたかったことは瞭然であろう。「鶴川日記」などは文字通り日記ふうに書かれているが、白洲邸での映画ロケーション、鶴川村へ江戸ッ子を気取った自分が都落ちした身上と中村草田男、長男の小学校の卒業式を通しての「戦後」の風景を断片的に重ね合わせると、そこに「ホンモノのリズム」そして「ペーソスを持ったユーモア」が溢れる。

「二重橋」は、「日本に来ている自動車の全部に乗る」という「私」の若い頃の野心とその体験を描いているが、「床屋の小倅の身」で天皇陛下の「お召し自動車」のロールス・ロイスに乗るという話は一種の綺談であろう。日常を異化するその言葉の突破力ともいうべきものは、徳田秋声の死に際して通夜酒を都合しようとする「九合五勺の酒」に著しい。場面を転換し時間を遡行する文章のスピード感のなかで、これが現実にあった話なのか作家の嘘話なのかはどうでもいいことになる。眩惑の魅力だけがあればいいのである。

「鷹」は、本書のなかでも秀逸の「掌小説」であるが、貧困と食糧不足のなかの孤立した家族の上に到来する鳥影を「棒状」と表現する刹那。そしてそれに続く一文。


……それよりも一層私を驚かしたのは、その瞬時の、名状し難い四囲の静寂さだった、鵙も雀も、それからつい今し方までその辺に鳴きさわいでいた様々な小禽共も、悉く鳴りをひそめ、私はもう唖者の世界に立たされるおもいであった。


石川作品の根源にあるもの——その俳句の世界もそうだと思われるが——は、この「唖者の世界」から聴こえてくるものを鷲掴みにする力である。「赤柿村奇譚」「雪の日」「猿智慧」などは類例のない短編小説として読めるが、ここに明滅する不可思議な言葉こそは、石川桂郎という人格の顕現なのである。

「風土」の編集責任者となった石川は、同人の仲間たちに「手前の面《つら》のある俳句を作れ」と提唱したという。それは自分の身辺を詠んだら俳句になるものではない、己れの存在の根源から滲み出るものを表現しろ、という意味である。

近代日本の俳句の基本線たる写生は、リアリズムという方法になれば堕落し腐敗する。

近代日本文学の主流をつくった私小説も、「私」の身辺の雑記となれば陳腐なものでしかなくなる。石川桂郎の一見すればそれこそ随筆っぽい文章は、リアリズムでも身辺雑記でも断じてない。

身も心もバラバラに氷結するような、それでいてまた俄かにゲラゲラ笑い出したくなるような、あの終戦の御詔勅をラジオで聴いた日から、丁度十日目の夕刻のことでした。

本書の最後に収められた中篇「蜉蝣《かげろう》」は、昭和二十年八月十五日正午の玉音放送を聴いたときの、この苛烈な一行からはじまる。

河上徹太郎が御放送の直後のことを「あのシーンとした国民の心の一瞬」と呼び、「あの一瞬の静寂に間違いはなかった」（「ジャーナリズムと国民の心」）といった、その「啞者の世界」から、石川は敗戦直後の世相の真実と闇市の青年たちの鼓動を聴き取り、「手前の面」のなかにコズミックな世界を描き出す。この作品は戦後文学史に正確に位置づけられなければならない。それこそ石川淳の「黄金伝説」や「焼跡のイエス」などとも並べられるべきであろう。

本書は『妻の温泉』（俳句研究社、一九五四年七月刊）を底本にしました。収録にあたり、俳句以外は現代かなづかいに改めました。本文中、明らかな誤記や誤植と思われる箇所は訂正し、適宜、ルビを追加しました。なお、本文中、今日の人権意識に照らして不適切な表現がありますが、作品の時代背景、著者が故人であることなどを考慮し、そのままとした箇所があります。よろしくご理解のほどお願いいたします。

Kodansha Bungei bunko

妻《つま》の温泉《おんせん》

石川桂郎《いしかわけいろう》

2024年5月10日第1刷発行

発行者……………森田浩章
発行所……………株式会社 講談社
〒112-8001 東京都文京区音羽2・12・21
電話 編集（03）5395・3513
販売（03）5395・5817
業務（03）5395・3615

デザイン……………水戸部 功
印刷……………株式会社ＫＰＳプロダクツ
製本……………株式会社国宝社
本文データ制作……講談社デジタル製作

ISBN978-4-06-535531-2

講談社文芸文庫

石川桂郎
妻の温泉
石田波郷門下の俳人にして、小説の師は横光利一。元理髪師でもある謎多き作家が、「巧みな嘘」を操り読者を翻弄する。直木賞候補にもなった知られざる傑作短篇集。
解説=富岡幸一郎
978-4-06-535531-2 いAC1

大澤真幸
〈世界史〉の哲学 4 イスラーム篇
西洋社会と同様一神教の、かつ科学も文化も先進的だったイスラーム社会において、資本主義がなぜ発達しなかったのか？ 知られざるイスラーム社会の本質に迫る。
解説=吉川浩満
978-4-06-535067-6 おZ5